盛夏的香氣
Your Fragrance
Fragrance
AUTHOR ◆ 依讀
ILLUSTRATOR ◆ 烯

第一部　我們的夏天

二〇一三年

吳僅弦記得那是一個盛夏的午後，他剛升上高二。

喧鬧的蟬鳴淹沒了整間教室，奪目的陽光穿透葉縫，在他的英文課本上碎成無數光點。

他轉著手中的原子筆，偏過頭去看坐在隔壁的白言，對方頭戴著耳機，趴在桌面上，手指跟著音樂的節奏按出吉他的和弦，光線籠罩在他單薄的身上，化爲淡淡的光暈。

白言是新來的轉學生，來到班上才一個禮拜，周遭就已經謠言四起。

吳僅弦聽見幾個同學在不遠處圍成一圈，互相耳語著。

「那個轉學生，名字叫白言嗎？」

「對啊，聽說是個優等Omega，因爲在前一所學校被Alpha霸凌，差點被強制標記，所以才轉學。」

「現在在網路上還能看到新聞報導喔。」

「眞的嗎？我要看！」

吳僅弦注意到白言皺起眉，輕輕嘆了口氣，即使戴著耳機，對方大概還是聽見那些對話了，他穿著白襯衫的身軀甚至開始輕輕顫抖。

吳僅弦不知道從哪裡生出了正義感，站起身，加大了音量對遠處的同學說：「你們這些人，當著別人的面說三道四不好吧？」

周遭的同學停下討論，先是詫異地看向吳僅弦，隨後自知理虧地默默散去。

白言拿下耳機，看著爲他挺身而出的吳僅弦，感激地低聲說：「謝謝你。」

「不客氣。」吳僅弦拿出課本，「下堂課是健康與護理，要去別的教室上課，你剛轉來，應該不知道教室在哪裡吧？」

「不知道。」白言輕輕搖頭。

「我帶你去。」吳僅弦自告奮勇。

聞言，靦腆溫柔的笑容出現在白言臉上，他抓了抓自己柔軟的髮絲，眨著一雙棕色的眼眸，再次道謝。

吳僅弦不禁感嘆白言長得眞是好看，不愧是優等Omega，即使是男性，長相也精緻得彷彿娃娃一樣。

健康與護理課的老師敲擊著黑板，對同學們說道：「大約在青少年時期，你們會分化爲三種性別族群，Alpha、Beta和Omega，Alpha和Omega會被彼此的費洛蒙吸引，如果一直感受不到費洛蒙，那你有可能是一位Beta。現在班上確定自己是Alpha的請舉手。」

班上幾位同學紛紛舉起手。

老師見狀點點頭，又開口問道：「現在知道自己是Omega的請舉手。」

吳僅弦的視線轉向了坐在身旁的白言。他以爲白言會立刻舉手，沒想到對方身體卻彷彿不受控制開始猛烈顫抖，甚至還伸手摀住了嘴，不自然抽搐了幾下，似乎要嘔吐。

吳僅弦趕緊舉手，大聲說：「老師，白言的身體不舒服，我帶他去一趟保健室。」

全班同學的目光頓時落在白言身上，而白言整個人縮了起來，呼吸變得紊亂且急促。

老師再次敲了敲黑板，喚回眾人的注意力，「吳僅弦，你快帶白言去休息，其他同學別看了，我們繼續上課。」

吳僅弦迅速攙扶起白言，讓對方靠在自己的肩膀上，兩人緩緩走出教室。

在前往一樓保健室的途中，白言猛地在半路煞住腳步，對著吳僅弦搖著頭，「到這裡就好，我在樓梯口坐一下，透透氣就行了。」

「你確定嗎？你看起來很不舒服，真的不用去保健室嗎？」吳僅弦依然十分擔憂。

白言笑了笑，嘴唇有些發白，「我沒事，只是老師提起了Alpha的事情，所以有點不舒服罷了。」

吳僅弦遲疑了下，隨後還是鬆開手，讓白言在樓梯上坐了下來。

白言此時已經出了一身冷汗，汗水讓他的制服變得些許透明。清風拂過肌膚，吹散一絲酷暑，他扯了扯衣領，輕聲道：「抱歉，把你牽扯進來。」

吳僅弦擺擺手，在白言身旁坐下，「沒事，反正我也不喜歡健康與護理課。老師好無聊，聽到我都快睡著了。」

白言發出輕笑，將頭靠在自己併攏的膝蓋上，望著吳僅弦問：「你不問我嗎？」

吳僅弦愣了下，「問什麼？」

「和我有關的轉學傳聞到底是真是假，你不好奇嗎？」

吳僅弦掙扎了幾秒，最後還是決定坦承：「好奇，但是如果你不想說就算了……」

「是眞的。我在前一所學校被一群Alpha拖進廁所，差點被強暴，還好路過的老師發現廁所裡的費洛蒙不大對勁，把我帶出來。」說起這些話時，白言的眼神變得冰冷，像是將情緒全數抽離。隨後他嘆了口氣，繼續說：「從那之後我就很討厭Alpha的費洛蒙，那會讓我想起被侵略的感覺。」

吳僅弦看著白言，頓時不知道該說什麼，他不擅長安慰人，絞盡腦汁後只能拍了拍白言的肩膀，「至少你不用怕我，我是個Beta。」

「我知道你是Beta，因爲我沒聞到你的費洛蒙。」白言瞇起眼，靜靜凝視著吳僅弦，白皙的皮膚上凝結著因熱氣產生的細小汗水，「謝謝你，還好你是個Beta。」

微風吹來，吹散了白言的話語。

吳僅弦看著面前的白言，一方面慶幸著自己是Beta，才能和白言毫無顧忌地待在一起，另一方面卻又感到有些可惜……如果他是個Alpha，也許就能知道白言的費洛蒙究竟是什麼味道了。

當天下午，白言踩著夕陽的餘暉，沿著人行道走回家。

每到放學時分校門口總是人潮洶湧，白言刻意避開人多的大馬路，戴上耳機，轉進一條小巷中，順勢跟著耳機中的旋律輕輕哼唱，指尖在空中緩緩壓出吉他的和弦指法。

正當白言沉浸在自己的世界時，一台腳踏車忽然停在他的面前。只見吳僅弦坐在車上，衝著他問：「白言，你家也在這個方向啊？」

白言停下腳步，拿下耳機，詫異地看著趴在老舊腳踏車上的吳僅弦，

「對。」

「剛好我家也往這邊走。」吳僅弦拍了拍腳踏車的後座，「上車吧，我送你回家。」

「可是……」白言帶著幾分遲疑。

「不要可是了，快上來吧。」吳僅弦甩了下書包，盯著白言的視線帶著迫不及待。

白言只好緩緩點頭，坐到後座上。上車時他不知道該把手放哪裡，想了想後悄悄環住了吳僅弦的腰。

吳僅弦雙腳用力一蹬，腳踏車乘風而去。

白言的掌心隔著薄薄的布料貼著吳僅弦的肌膚。他能聞到對方身上汗水的氣味，像陽光殘留的味道，那是沒有任何費洛蒙的乾淨氣息，讓他感到一陣心安。

一邊騎著車，吳僅弦一邊問：「你好像常常戴著耳機呢。」

「嗯，我喜歡音樂。」白言點點頭。

身爲一個優性Omega，白言的世界總是很吵，有稱讚他基因良好的人、羨慕他外貌的人、勸告他要小心生存的人，也有嘲諷他不配當優性Omega的人。只有在聆聽音樂時，這些聲音才會消失。

「你都聽什麼歌？」吳僅弦繼續問。

「獨立音樂比較多，最近也在嘗試寫歌。」

「自己寫歌！好厲害啊！」吳僅弦發出驚呼。

白言忽然有些不好意思，「也沒那麼好，最近的歌都還沒寫完……」

「等你寫完了，一定要給我聽！我等你！」

吳僅弦說完便笑了起來。他的笑聲很乾淨，彷彿毫無雜質的清水，流進了白言的心中。

白言愣愣地看著吳僅弦的笑臉，那一刻他的世界久違地安靜了下來，只剩下吳僅弦溫暖的聲音。他的心臟好像漏跳了一拍，他忽然意識到自己很喜歡吳僅弦的笑容。

看著吳僅弦的背影，白言努力擠出話題，打破一瞬的沉默，「那你呢，平時有什麼興趣嗎？」

「我沒你那麼厲害，沒有特殊才藝。」吳僅弦愉快地分享：「不過我最近聽說有一款很不錯的手機遊戲，叫作武俠世界，我在考慮要不要玩玩看……」

吳僅弦的話還沒說完，白言就眼睛一亮，語氣帶上了興奮，「我有玩，那個遊戲很棒！」

「眞的嗎？我回去就載遊戲，這樣我們就可以一起玩了。」

「好啊！」白言笑了起來。

一聊到遊戲，兩個男孩子話就多了起來，氣氛也放鬆不少。

兩人一路上談論著遊戲的玩法、角色技能，就像是認識已久的朋友般。

片刻後，白言指著前方一棟高級大樓說道：「我家到了，前面放我下車就好，謝謝你。」

吳僅弦聞言停下腳踏車，訝異地抬起腦袋。面前的大樓顯然要價不斐，他聽說許多優性Alpha和優性Omega都會被選進豪門，爲了產下優性後代而結婚，看來這個傳言並非全然空穴來風。

白言朝吳僅弦揮揮手，隨後用磁扣打開公寓大門，筆直地穿越大理石製成的走道，步入電梯。

隨著電梯緩緩上升，白言的心也越來越忐忑，當電梯再度打開的瞬間，他的心已經懸到了喉嚨。

他拖著不安的步伐來到家門前，一開門就見到了坐在客廳中的母親容花。

容花也是優性的Omega男性，一頭烏黑的長髮垂置胸口，配上細長雙眼和白皙的肌膚，出眾的外貌讓人一眼就能看出他優秀的Omega基因。

「白言，載你回來的人是誰？」一見白言進來，容花倏地站了起來，大步走到白言的面前，用力抓住白言的肩膀。顯然他一直守在窗邊，看著白言在樓下的一舉一動。

白言甩開容花，摸著有些疼痛的肩，「同班同學而已。」

「同班同學？你確定？你要小心一點，別和奇怪的Alpha走得太近，難道你忘記上一所學校發生的事情了？」

「吳僅弦是Beta，沒有費洛蒙，也聞不到我的味道。」白言立刻反駁。

容花露出不屑的表情，「就算是Beta也不能放鬆警惕！很多Beta看上優性Omega的容貌，也有可能做出糟糕的事！」

「吳僅弦不是那樣的人……」白言蒼白地辯解著。

白言轉來新的學校已經夠孤獨了，好不容易碰見願意接納他的吳僅弦，一點也不想輕易推開對方。然而，他其實也很害怕，害怕容花所說的話是對的。

思緒混亂的白言不想再繼續這個話題，迅速跑回房間，重重將門摔上。

「我都是爲了你好，白言！」容花的聲音在門外響起，尖銳的聲音刺穿白言的內心。

白言靠在門上，抱著自己發顫的身子一點點滑落，最後坐在地面上。他知道容花原本並不是這麼偏激的人，但在他出事後，容花就變得多疑敏感，生怕他又發生什麼事情。

不好的回憶突然湧上心頭，將白言吞噬。

那天他被一群Alpha團團圍住，拖進廁所。Alpha的力量比他大得多，他的掙扎在Alpha眼中看來簡直像是玩笑。

他記得很清楚，那群Alpha是怎麼扯下他的褲子，對著他發出陣陣嘲笑。

「果然Omega的下面很小啊！」

「喂，你是處男吧？看你這麼害怕的樣子，是不是還沒有被Alpha上過？」

「你身上的費洛蒙味道好怪，眞的是優性Omega嗎？」

白言清楚記得絕望是如何將他滅頂，Alpha的費洛蒙壓制著他的感官，讓他動彈不得……從那之後，Alpha費洛蒙的氣味就讓他反胃。

「爲什麼……我是Omega……」白言咬著牙，從牙縫中緩緩擠出字句：「如果我不是Omega就好了……」

他又想起了吳僅弦，對方身上的味道如此乾淨，就像是夏日陽光風乾在身上的味道——他很喜歡。

白言緩緩抬起腦袋，看向手機，想起自己和吳僅弦約了遊戲上見。

發生那件事後，他不敢再去學校，最後甚至休學待在家，便花了許多時間在這款遊戲上。他在遊戲中是個極強的Alpha劍士，看上去高大威武，和他平時的模樣完全不同。

這是他暫時逃避現實的方法，也是他喜歡玩這遊戲的原因。

白言扶著桌子，輕手輕腳站了起來，然後拉開椅子，坐到書桌前，打開手機遊戲，輸入了吳僅弦事先告訴他的遊戲角色名稱——吳僅弦正好在線上。

然而看見吳僅弦角色的瞬間，白言就愣住了，對方的角色是一名Omega的治療法師。

♪

白言明白，這是個弱肉強食的世界，會被欺負的人，到哪裡都容易被欺負。

在某個太陽西斜的午後，窗外蟬鳴依舊吵鬧，交疊的聲音淹沒了整間教室，坐在白言後方的班上大姐頭突然踢了踢他的座位，他嚇得縮起身子，慢慢轉頭看過去。

大姐頭撐著腦袋，看著白言發笑，歪斜的嘴看上去醜陋無比。她這次甚至懶得遮掩，直接瞇起眼質問：「喂，聽說你差點被強暴啊？是不是因爲你故意去勾引Alpha？」

以大姐頭爲中心的幾個同學發出嘈雜刺耳的笑聲，白言則是愣住了，一時之間居然不知道該說些什麼，因此只能張著嘴，呆呆地望著對方。

「幹麼？」大姐頭笑得更加猖狂，「你白癡嗎，露出那什麼表情？」

壓力讓白言焦慮得渾身發抖，糟糕的回憶逐漸吞噬他的腦袋，他摀著耳朵，喃喃念道：「不是的，不是的，不是我的錯……」

起鬨的訕笑在他的背後響起，他聽不清，只覺得很刺耳。時間彷彿倒轉回他剛休學的那段時間，他厭惡著自己和這個世界的一切。

被欺負的回憶伴隨著費洛蒙的氣味飄入白言的鼻腔內，讓他一陣反胃，猛烈地咳起來，蹲在地上乾嘔，眼眶滲出淚水……他好恨自己是個Omega。

「你們在幹什麼！」

一道清亮的嗓音從白言頭上傳來，白言再度嚇得渾身一縮，下意識抬起頭。

只見吳僅弦擋在他的面前，對著大姐頭說：「不要欺負他，否則我等等就告訴老師。」

大姐頭撇了撇嘴，「愛打小報告。」

不過她也沒再繼續騷擾白言，很快就將注意力轉放在別的地方，和她的朋友們聊起了最新的明星八卦。

吳僅弦在白言的面前蹲了下來，語氣溫和，「還好嗎？」

吳僅弦身上沒有費洛蒙的氣味，只有洗衣精乾淨的香氣，像是柔和的月光輕撫著他，這讓白言稍稍冷靜了下來。

吳僅弦摸了摸白言被冷汗浸濕的髮絲，低聲問：「要不要先回家休息？」

白言搖搖頭，艱難地開口：「不要，現在回家就只有我一個人。」孤獨恐怕會讓他更難受。

吳僅弦有些煩惱，思索了一下，便果斷地說：「那我陪你回去吧。」

「陪我……」白言想說些什麼，但是腦袋很亂，話語卡在他的喉嚨，讓他發不出聲。

「回家的路上我們還可以順便吃個飯，玩一下遊戲。」

「什麼？」白言猛地嗆了一下，詫異地抬起臉，「這不就是翹課嗎？」

「翹課？別說得那麼難聽。」吳僅弦做了一個鬼臉，露出調皮的表情，「我就是剛好陪同學回家罷了。」

接著吳僅弦背起書包，拉起白言的手，把他帶出教室。

白言並沒有拒絕他。

「餐點到了！」吳僅弦捧著一個餐盤，放在白言面前，「左邊是我的，另一邊是你的套餐！」

「這樣眞的可以嗎？」白言把膝蓋環抱在胸前，不安地說：「我們會不會錯過重要的課堂內容？」

「但是現在反悔已經來不及了。」吳僅弦把麥當勞紙袋撕開，將食物一字排開，然後歡呼著：「別想那麼多，今天你就好好休息，我們邊吃飯邊打遊戲吧！昨天你教我玩的新遊戲，我還想再練練。」

白言看上去還有些遲疑，但吳僅弦已經拿起手機，自顧自地打開手機遊戲。看著面前的炸雞，又看了看自己的手機，白言忽然有些恍惚，這些都是不好的事情，翹課、吃炸物、違反校規、打遊戲……每一項都可以讓容花罵上三天三夜。但他卻感覺很自由，有種偷嘗禁果的快感。

白言咬著薯條，感受炸物的香氣在口中爆發。

「好好吃。」白言自言自語，發覺自己已經很久沒有吃到炸物了。

「當然好吃，麥當勞是能難吃到哪裡去？」吳僅弦翻了個白眼，再度催促：「快點，上線了。」

聞言，白言終於打開遊戲，開始講解：「我昨天看了攻略，這個王血量降到百分之七十的時候會狂暴一次，然後百分之三十的時候會出扇形攻擊，這些技能要躲好。」

「沒問題！」吳僅弦喝了一口可樂，興致勃勃地加入白言的隊伍，「我們開始玩吧。」

白言看著手機螢幕，頓了頓之後猶豫地問：「吳僅弦，爲什麼你會想要玩

Omega的治癒法師呢？選Alpha的劍士或是Beta的弓箭手，都更帥不是嗎？」

「因爲我想幫你打輔助，遊戲就是要一起玩才開心。」吳僅弦笑了下，又塞了一根薯條進去白言口中，順便揉了揉對方的髮絲，「而且是Omega又有什麼關係？如果整個遊戲都是Alpha，該有多無聊啊？」

白言眨了眨眼，突然聞到自己身上淡淡的小蒼蘭費洛蒙氣息。他過去很討厭這個氣味，現在好像沒那麼恨了。

傍晚，白言才剛回到家，面對的就是憤怒的容花。

「老師剛剛聯絡過我了，你今天不是提早回家休息了嗎！爲什麼現在才到家？」容花從客廳的沙發上站了起來，一臉氣急敗壞地質問：「你知道我有多擔心嗎？」

「抱歉。」白言吞了吞口水，沒有正面回答容花的提問，只是心虛地再次強調，「我今天眞的不太舒服。」

聽見白言這麼說，容花有些緊張，深吸了幾口氣後緩緩開口：「你在學校碰到什麼事情了？」

白言想到了那些嘲笑他的同學，之後又想到吳僅弦的那番言論。於是他最後搖了搖頭，微笑著說：「現在已經沒事了，我明天可以去上學。」

容花有些疑惑，「你確定？」

白言沉默了一下，摸著口袋裡玩到沒電的手機，低聲地說：「眞的沒事了，我已經交到了朋友，他讓我覺得當Omega也不是那麼糟糕的一件事。」

容花愣住了，「那個朋友……是不是對你很好？」

白言點了點頭，「是。」

「你有想過，爲什麼他要對你這麼好嗎？」

白言面有難色，想了許久後才回答：「因爲他是我朋友？」

「眞的嗎？是朋友就要這樣對待你？」

「因爲他人很好？」

「他對其他人也是這樣嗎？」容花搖搖頭，「事實是，我們並不知道。白言，也許他是眞的對你很好，也許他別有居心，我們永遠不能輕易卸下心防，別忘了你在上一所學校發生的事情，那些傷害你最深的人，一開始也是你的朋友，不是嗎？」

白言愣住了，想著今天和吳僅弦共度的時光，他們一起打遊戲，一起吃垃圾食物，聊著日常的瑣事，時間過得飛快。

他忽然有點害怕那份快樂是假的。

♪

吳僅弦感覺到了，白言在和自己拉開距離，儘管只有一點點，卻很明顯。

白言不再每次下課都跑來找他聊天，不再主動問他的遊戲進度，甚至還會故意不看他。

吳僅弦拿著手機，在中午吃飯時間坐到了白言的對面，努力打開話題，「白言，你看昨天遊戲的新劇情了嗎？」

「嗯，看了。」白言打開便當盒，敷衍地回應，始終低垂著腦袋，顯然在避開吳僅弦的視線。

吳僅弦嘆了口氣，直接放下手機，攤手問道：「我就直接問了。我做了什麼讓你不舒服的事情嗎？你是不是想要避開我？」

「沒有。」白言的語氣帶著幾分心虛。

「還說沒有，自從上次翹課之後，你就一直不太理我，是覺得我太煩人嗎？」

「不是！」白言趕緊否認，像是怕傷到吳僅弦的心。

「不然是怎樣？」吳僅弦十分無奈，「有什麼不滿，你就跟我直說吧。」

白言露出猶豫的神情，看著自己的便當菜，「我只是在想……你爲什麼要對我這麼好？」

吳僅弦先是愣了下，隨後露出哭笑不得的表情，「不能對你好嗎？難道要我欺負你？」

「不，我也不是那個意思。」白言連連擺手。

吳僅弦望著面有難色的白言，過了數秒後似乎意識到什麼，發出驚呼：「你覺得我別有居心，所以才對你好？」

「我沒那麼說！」白言緊張了起來。

「但你是這麼想的，對嗎？」吳僅弦拍了一下自己的額頭，發出悲鳴，「原來我在你心中這麼不能信任嗎？我是要怎麼對你別有居心，難道我要把你抓去賣掉嗎？」

「沒有……」

吳僅弦頓了頓，「更何況你又不是我喜歡的類型，我喜歡嬌小可愛的Beta女性，絕對不會喜歡你，你可放一百顆心！」

「我知道了。」白言垂下腦袋，痛苦地瞪著便當盒，早已滿臉通紅。眞的是太丟臉了，他就不該輕信容花的話，這世界上明明還是有值得他信任的朋友！

下午體育課時，吳僅弦坐在操場的一角，遠遠看著起跳投籃的白言。或許是因爲身材瘦弱的關係，白言很不擅長體育，一連投了幾次球都沒有進，最後還絆到腳，整個人摔在地上。

那不是很嚴重的一摔，吳僅弦的心頭卻揪了一下，立刻跑過去，擔憂地看著從地上爬起來的白言，「你受傷了嗎？」

夏季的微風吹過，吹起黏在白言額頭上的髮絲，下一秒，白言笑了笑，拍拍膝蓋，「我沒事。」

看著白言的笑容，吳僅弦耳根莫名有些發燙。他想這應該只是因爲天氣太熱了，是夏季酷暑的錯。

白言低頭看了一下吳僅弦的腳，手指著對方的鞋帶，「你的鞋帶鬆掉了。」

吳僅弦順著望過去，「還眞的鬆了，我綁一下。」

「我幫你綁吧。」白言搶在吳僅弦動作前興致勃勃蹲下，「我昨天在網路上學到了一個厲害的綁法，以後鞋帶就不會掉。」

吳僅弦感覺自己好像當機了，這分明也不是什麼大事，但就是這種微小的交集與互動，讓他感覺白言在他心中是特別的。

微風再度吹過，在微暖的空氣中，吳僅弦不禁猜測著白言費洛蒙的氣味。他想，白言的費洛蒙應該是美好的、清新的，充滿一切溫柔的氣味。

這瞬間吳僅弦居然有些嫉妒，嫉妒那些能聞到白言費洛蒙的Alpha。

看著重新抱起籃球的白言，吳僅弦忽然衝口而出：「白言，我們明天要和隔壁班舉辦籃球比賽，我也會上場，你要不要來看？」

白言先是愣了一下，不過隨即就露出如陽光般燦爛的笑容，「好啊！」

隔日，吳僅弦不知道自己在緊張些什麼，班級之間的籃球比賽照理來說稀鬆平常，並非重要的賽事，但一看見站在場外的白言，睜著一雙明亮的雙眼，努力替他加油的模樣，他就指尖冒汗——他希望白言覺得自己很帥。

吳僅弦深吸一口氣，將目光重新放在籃球上，開始在球場中迅速移動，搶球過人。

雙方勢均力敵，分數一直貼得很近，所有人都屏氣凝神地觀賞球賽。

就在比賽結束前的幾分鐘，吳僅弦好不容易搶到球，然後用力跳了起來，奮力一拋，隨著美麗的拋物線，籃球進入籃框中，裁判卻吹了哨。

「四號撞人犯規！」裁判指著吳僅弦，發出判決。

吳僅弦愣住了，一回頭才發現有個嬌小的男生站在身旁，顯然是故意過來撞他，只爲了讓裁判判犯規。

場面一下子混亂了起來，其中一方的隊員抗議著裁判的決定，另一方的隊員則是歡呼著勝利。

吳僅弦卻沒有站在任何一方，只是看著白言奔過來，緊緊抱住他。

「吳僅弦，你很棒！」白言這麼說著，彷彿在安慰他。

這一刻輸贏好像都不那麼重要了，吳僅弦也抱住白言，認眞問：「剛剛的我帥嗎？」

「很帥！」白言回答得很率眞，不帶一絲猶豫。

於是吳僅弦也笑了起來，把白言原地抱起，轉了兩圈。

即使裁判最後堅持判決，導致吳僅弦他們班的隊伍敗北，吳僅弦也沒有想像中難過。

點點星光下，吳僅弦看著白言發亮的雙眼，甚至有些自豪，好像只要白言開心，讓他做什麼都可以。

♪

這天，學校的課後輔導結束時，白言低垂著腦袋，收拾好東西準備回家。與此同時，他不斷想起這陣子與吳僅弦相處的點點滴滴，腦袋中忽然塞滿了跳躍的音符。他輕輕哼唱了幾句，準備前往公車站搭車回家。

走到半路，他就看見吳僅弦騎著車，從後方追了上來。

吳僅弦停在他面前，露出笑容，對此情境已經無比熟悉，「上車吧，你的Uber到了。」

吳僅弦的笑很溫暖但不熾烈，讓白言心安。他有些緊張地搓著手，「你今天也要載我嗎？」

「反正順路往同個方向。」吳僅弦頓了頓，指了下後座，「走路太慢了，上車吧。」

白言躊躇了一下，又抬頭看了一眼公車站的方向。他知道自己不該上車，容花一定會反對，但內心又有道聲音叫他接受，說他想要和吳僅弦待在一起。

最後，白言咬咬牙，慢慢爬上了吳僅弦的腳踏車後座。

吳僅弦雙腳用力一蹬，腳踏車在夕陽下緩緩往前駛動。穿過馬路時，吳僅弦壓了幾下腳踏車上的鈴聲，發出一聲清脆的聲響。

「B和降B之間。」白言小聲地說。

吳僅弦十分驚訝，「你聽得出來啊？你是不是有那個……那個……」

「絕對音感。」

「對啦，就是絕對音感！」

「有。」白言點了點頭。

「眞好。」吳僅弦笑了起來，「你是天才啊！」

吳僅弦的笑聲很好聽，在他耳裡，甚至比一首歌還悅耳。他深吸了一口氣，腦海中再度浮現無數美麗的音符。

♪

吳僅弦認爲自己不會喜歡白言。優性Omega往後肯定會找上一個優性Alpha組成家庭，他是這麼想的，卻總是不知不覺和白言走得很近，他們一起上下學，放學後還會一起在附近吃晚餐。

期末將近，吳僅弦坐在白言的對面，一隻手抓著摩斯漢堡的雞塊，另一隻手則是拿著歷史課本，頭疼地說：「我外國史眞的很弱，每次考到這裡我的分數就掉超多，再這樣下去我會考不上理想的學校。」

白言拿著一份琴譜，淡淡回應：「嗯。」

過了幾秒，吳僅弦又說：「白言，你想報考什麼科系？」

「音樂。」白言頓了頓，「吉他。」

「哪所學校？」

「台灣藝術大學。」

「那我也報考台北的學校好了。」

白言愣了下，隨後呆呆地問：「爲什麼？」

「因爲你在台北啊，這樣如果你出了什麼事，我就能保護你，再說……」吳僅弦放下書，聲音如蚊子般細小，「再說這樣我們就能常常見面了，距離太遠的話我會想念你啊……」

白言停下讀譜的動作，詫異地抬起頭，望著面前的吳僅弦，腦中的音樂瞬間停下了……

見白言一點反應也沒有，吳僅弦難得急了，拿起歷史課本，擋住整個腦袋，加大音量試圖壯膽，「沒事，我開玩笑的，只是我剛好也想要考台北的學校而已啦！」

白言歪著腦袋，看著吳僅弦從課本後方露出的一對紅透的雙耳，以及拿著課本顫抖的雙手，忍不住露出了微笑，他也覺得自己想和吳僅弦一直待在一起。

♪

「那個老師真的很誇張，明明是自己弄錯答案，居然對著全班同學生氣！」吳僅弦站在福利社前面，嘴裡咬著紅茶的吸管，語氣中帶著明顯的不滿。

白言佇立在吳僅弦的身邊，卻沒認真聽對方說話，他腦中充斥著上次容花說的話。

「你很有實力，但是吉他比賽時的自選曲需要修改一下，雖然現在選的曲子很經典，不過如果能選難度更高的曲子，在技術分上會更有優勢。」

然而白言最終還是沒有改變心意，因爲原定的這首溫柔的曲子讓他想起了吳僅弦。

從吳僅弦第一次幫助自己時，他就覺得對方像是溫柔的月光一樣，柔和地照耀著他，而他不想離開這種溫柔。

抱著這種心情，白言轉向吳僅弦，感覺自己的心跳聲好像突然大了起來——怦、怦、怦……一分鐘六十下，就像是曲子的節拍速度。

他忽然意識到，吳僅弦就是他灰暗人生中的光。

白言眨了眨眼，突然開口問：「吳僅弦，我下週要參加一個音樂演奏比賽，你要來嗎？」

吳僅弦的身子緊綳了一下，眼神飄向別的地方，語調都有些變了，「你在邀請我嗎？」

「對。」白言點了點頭。他能感受到自己加速的心跳，一分鐘跳了一百二十下，成爲了快板的節奏。

白言甚至不知道爲什麼要邀請吳僅弦，對方顯然對音樂一竅不通。他只是有種感覺，如果吳僅弦在台下看著，他會表現得更好。

聞言，吳僅弦愣了幾秒，不過很快就笑了起來，大聲回答：「好。」

白言也跟著笑了起來。

他決定和容花謊報比賽時間，然後偷偷出門比賽，這樣吳僅弦就不會和容花碰面，也就不會被容花刁難了。

想著這些事情時，白言忽然有些罪惡感，但他不打算反悔，這大概是他至今爲止爲數不多的小小叛逆。

到了比賽當天，舉辦比賽的音樂廳中已經聚集了不少人，四周點著鵝黃色的燈光，舞台的周遭和地面上都覆蓋上紅色的絨布，散發出淡淡的霉味。

在舞台的正上方懸掛著一片布條，上面印著「青少年吉他組鳳鳴杯第六十三屆決賽」。

吳僅弦匆匆跑進會場，氣喘吁吁找了一個位子坐下。他今天不小心睡過頭，差點就錯過了白言的吉他比賽，好險最後一刻趕上了，否則還眞不知道該怎麼和白言交代。

此時室內的燈光也暗了下來，只見舞台上的紅色絨布緩緩拉開，走出一名身穿黑色小禮服的翩翩少女。

少女向觀眾們深深鞠躬，隨後走到舞台正中央的椅子坐下，雙手優雅地擺放在吉他上，流暢的音樂從她的指尖流淌而出。

吳僅弦震驚得睜大了雙眸，無法理解她怎麼能彈那麼快，同時卻又看起來如此從容自在……他不禁雙手合十，默默祈禱著、幫白言加油。

約莫過了兩個小時左右，場上的參賽者已經少去大半，有些人對自己的表現十分滿意，有些顯然懊悔不已，幾家歡樂幾家愁。

就在吳僅弦觀察著四周時，廣播的聲音再度響起：「十七號白言，請上台。」

隨後白言穿著米白色西裝緩緩走上舞台，看上去十分緊張，就算距離很遠，也能感覺到他的指間正在發顫。

吳僅弦的表情立刻變了，聚精會神地看著白言。

白言走向舞台中間，慢慢坐在位子上，深吸一口氣，緊接著開始流暢地舞動手指，他的吉他音色飽滿圓潤，卻又帶著難以言喻的憂傷，一首名爲〈月光〉的曲子逐漸成形。

吳僅弦不禁秉住呼吸，好像被吸進了樂曲中。

當白言彈出最後一個音符時，坐在觀眾席上的吳僅弦忍不住起身鼓掌。他必須去後台看一下白言，恭喜對方表現得如此出彩。

白言一下舞台腿就軟了，他靠著後台的牆壁緩緩滑下，最後坐在地面上。剛剛太過聚精會神彈奏，他都忘了自己有多緊張，現在才感受到一陣過度緊張引發的嘔吐噁心感，手指不斷顫抖。

他甚至忘記注意吳僅弦有沒有來聽……吳僅弦……有來嗎？他應該彈得不錯，對嗎？

白言將臉埋在雙手中，止不住地發抖。

後台的人群來來去去，一雙高檔皮鞋卻停留在白言面前。

白言緩緩抬起頭，看見一名梳著油頭的高大少年，語氣略帶不屑地問：「你就是白言嗎？映輝高中二年五班的白言？」

「是。」白言下意識瑟縮。

「哦，你就是隔壁班那個差點被強暴的Omega啊。」對方訕笑起來，「還能來參加比賽，看來你很有精神嘛，需要再被強暴一次嗎？」

顯然糟糕的消息總是流傳得特別廣。白言瞬間感到指尖發冷、呼吸困難，恐懼得瞳孔收縮，幾乎無法發出聲音。

「幹麼？」面前的少年皺起眉，露出嫌惡的表情，「怎樣，你那是什麼表情？不服氣啊？」

此時吳僅弦剛好跑到後台。視線所及的是縮在地上的白言，以及對白言極盡羞辱的少年。他不知道哪來的勇氣，立刻衝了過去，一把撞開少年，對方瞬間撲倒在地上，疼痛讓少年發出悲鳴。

白言看見面前的景象，驚恐地說：「別這樣……吳僅弦，別這樣，不要……」

然而吳僅弦彷彿沒聽見，高高舉起拳頭，想要往對方身上砸去。

白言立刻站起來，跑向吳僅弦，用力抓住了吳僅弦的拳頭。

吳僅弦不得不停手。

儘管白言還在發顫，他仍努力深吸一口氣，對少年說：「沒錯，我差點被強暴過，但不是我的錯，也不關你的事，滾開。」

少年踉踉蹌蹌地起身，嘴中含糊地吐出「瘋子」、「神經病」等蒼白的謾罵，一瘸一拐地逃離現場。

白言拍了拍自己的米白色西裝，走近吳僅弦身旁，緩緩伸手擁抱對方。

「沒事的。」白言輕聲地安慰著吳僅弦，「謝謝你保護我，從今以後，我也會努力學會保護自己。」

他說的話讓吳僅弦睜大了眼。

白言知道自己變了，因爲吳僅弦的陪伴讓他願意試著勇敢，以往不敢說的那些話，他已經能夠說出口了。

吳僅弦鬆開緊握的拳頭，「白言，別聽他們的話，你不是瘋子，也不是神經病，能彈出那麼美妙的曲子，你是天才啊。」

說出這些話時，吳僅弦同時露出了如月光般柔和的笑容。

最後白言並沒有在音樂比賽上得名。

吳僅弦覺得很不服氣，畢竟在他的心中，白言是彈得最好的參賽者。

然而白言對此並沒有放在心上，輕描淡寫地說著沒關係，畢竟他早就料到這個結果了。

雖然後來因爲說謊被容花罵了一頓，但白言還是很慶幸自己邀請吳僅弦去看比賽，也因此意識到自己變得更堅強了。過去那些欺負他的同學不再找麻煩，他總算可以過著平靜的校園生活。

隨著時間流逝，夏季也逐漸進入尾聲，一年一度園遊會就快到了。

班上熱烈討論著要擺什麼樣的攤販，最後全班投票，決定販賣曲奇餅乾。班長自告奮勇表示願意準備材料，而老師也允許他們使用家政教室的烤箱，製作園遊會的餅乾。

在正式活動前，眾人決定在家政教室先試做，白言坐在吳僅弦的隔壁，看著餅乾被送進烤箱中，麵粉和糖的香氣充滿整間教室。

好甜的味道，吳僅弦忍不住皺起鼻子。他其實不怎麼愛吃甜的，但班上的Omega們似乎對甜食情有獨鍾。

白言也很興奮，紅著臉笑著對吳僅弦說：「我好期待餅乾烤好的樣子，一定很好吃。」

「對啊，一定很好吃。」不喜歡甜食的吳僅弦，下意識贊同白言的話。

隨後烤箱傳來「叮」的一聲，班上的同學歡呼著跑向烤箱，爭先恐後地把曲奇餅乾拿出來。

餅乾還沒冷卻完成，白言就興沖沖拿了兩塊，跑到吳僅弦的面前，「烤得很漂亮，你吃吃看吧！」然後就自然地把餅乾遞到吳僅弦的嘴邊。

吳僅弦有些吃驚，不過還是緩緩張開了嘴。甜味在他的口中四散，餅乾還帶著溫度，柔軟的口感讓他有些恍惚。

「怎麼樣？」白言詢問著，笑瞇了眼。

吳僅弦咬著口中的餅乾，含糊地說：「好甜。」

他不知道自己說的究竟是餅乾，還是白言的笑容，那甜美到像是夢境一樣的味道，是他對白言的感覺。

園遊會舉辦在一個夏季末的假日。有氣無力的蟬鳴填滿了整個校園，同學們一早就在搭建的臨時帳棚旁忙進忙出，班長甚至幫每個人設定了銷售目標——一人至少賣掉一包餅乾。

白言聞言立刻就慌了。他原本就是個不善言詞的人，要他帶著餅乾出去兜售，簡直難如登天。

吳僅弦發覺白言的恐懼，立刻摸著他的頭安慰道：「別緊張，我跟你一起出去賣吧。」

於是他們一人帶著一包餅乾，沿路試圖攔住過客。

吳僅弦碰巧遇見補習班的同學，因此順利賣掉餅乾。

白言卻頻頻碰壁，這讓他很是挫折，最後只能求助似的望著吳僅弦，「怎麼辦？我的餅乾恐怕賣不掉了。」

「不會的，再努力一下吧。」

正當吳僅弦這麼說的時候，一個綁著馬尾的Alpha學姐忽然走向他們，指著白言，「你在賣餅乾嗎？」

「對。」白言的語氣滲出了一絲緊張。

學姐笑了笑，掏出錢包，「我要買你的餅乾。」

「眞的嗎？」白言的眼睛一亮。

「眞的，不過作爲交換條件，你要給我你的聯絡方式。」學姐朝白言眨了眨眼，俏皮地說：「我覺得你很可愛。」

「這個……」白言有些猶豫。他很想把餅乾儘快賣掉，但聞到學姐身上的費洛蒙氣味，讓他下意識退了一步。

這一切吳僅弦都看在眼裡。不知道抱著什麼心態，他站到了白言的面前，對學姐說：「抱歉，最後一包餅乾已經有人預訂了。」

「是嗎？」學姐插著腰，擺了擺手，「眞可惜。」

學姐失望地轉身離去，白言則是望著吳僅弦，語氣有些焦慮，「你在說什麼啊？根本沒有人預定我的餅乾啊！」

「有啊。」吳僅弦自然地掏出錢包，「我預訂了。」

語畢，吳僅弦將錢遞給白言，直接搶走了對方手中的餅乾。他也不曉得自己哪根筋接錯了，但他就是不希望白言給其他Alpha機會，白言的餅乾只能是屬於他的。

吳僅弦拆開包裝，拿出其中一片曲奇餅乾，這次換他把餅乾塞進呆滯的白言嘴裡，然後笑著問了句：「好吃嗎？」

白言看著吳僅弦貼近自己的身軀，耳根發燙，「好甜。」

賣完餅乾後，吳僅弦和白言參加了班級之間的水球比賽。

兩個班級的同學像是發瘋一樣，把汽球裝滿水，互相丟擲，弄得一身狼狽。到最後甚至不能算是班級間的競賽了，已經變成一場激烈的鬧劇，就連同班同學都在互相攻擊。

尖叫伴隨著笑聲充滿整個走廊，那是青春特有的風景。

白言抓起一顆水球，直接往吳僅弦的臉上砸。

被砸中的吳僅弦吃痛地喊了一聲，隨後也抓起水球，追在白言後面喊著：「不准跑！」

「不要！」白言大笑著從樓梯逃走。

他們沿著樓梯一圈圈往下，有些班級在窗邊掛起的裝飾彩帶飛揚著，隨風吹起的模樣繽紛燦爛。

白言跑到一樓的樓梯口時已經沒力了，而後便被吳僅弦從後面一把抓住。

他最後氣喘吁吁地說：「我投降。」

吳僅弦抬起手，一開始還想要砸下水球，但看見白言的模樣後，便默默將手放下。

白言的學校白襯衫已被浸濕，半透明的布料下微微透著膚色，白皙的面容因爲剛剛的追逐而通紅，額角上也黏著汗水。

吳僅弦莫名有些呼吸加速，在他的心底似乎有顆不知名的種子在悄悄發芽。他不想讓其他人看見白言這副模樣，不想把白言讓給其他人。

吳僅弦努力甩掉這樣的想法。他不會喜歡上白言的，否則之前說的保證不就不攻自破，自己也會成爲對他別有居心的人……

最後，他用指尖捏破了手中的水球。

白言見狀指著自己問：「你不砸我嗎？」

「算了，你都濕成這樣了。」吳僅弦撇了撇嘴，「到時候吹風又要著涼感冒，我們還是回去弄乾衣服吧，教室裡面好像有吹風機。」

白言乖巧地點了點頭，吳僅弦則是看向自己的手，他最終還是沒有捨得把水球扔向白言。

白言好像感冒了，或許是因爲昨天的水球戰讓他一身濕，後來又吹到冷氣，才會著涼生病。感冒藥的副作用讓白言昏昏沉沉的，他懶洋洋地趴在桌面上，時不時就會咳上兩下。

到了中午午餐時間，白言食欲全無，便沒有吃飯的打算。

吳僅弦忍不住用課本敲了一下白言的腦袋。擔憂地說：「多少吃一些東西吧，吃了才有體力康復。」

「吃不下。」

「吃不下也得逼自己吃。」吳僅弦打開手中的塑膠袋，把裡面的食物放到白言面前。

「這是什麼？」白言有些恍惚。

「皮蛋瘦肉粥。」吳僅弦幫他把粥的蓋子打開，「你不是沒胃口嗎？所以我幫你點了清淡好入口的食物。」

白言詫異地看著吳僅弦，說話都有些結巴，「你怎麼有粥？學校沒有供應這個吧？」

「確實沒有，我幫你叫了外送。」

「校規不是禁止外送嗎？」白言忍不住坐直了腰。

「對啊。」吳僅弦用手指抵住嘴唇，輕笑著說：「這是我偷偷幫你叫的，別跟老師說，是祕密喔。」

隨後吳僅弦挖起一口粥，放到嘴邊吹涼，還用嘴唇試了一下溫度，才送到白言嘴邊。

白言自然地張開嘴，吞下吳僅弦送來的食物。

說來也怪，他明明並不餓，卻還是接受了吳僅弦的好意。或許他已經習慣依賴吳僅弦了……這應該不是件好事，容花總教導他要對人保持警惕，然而吳僅弦對他這麼好，該怎麼拒絕？

「溫度還可以嗎？」吳僅弦又吹了兩口手中的粥，「會不會太燙？」

「不會。」白言忽然間呼吸加速，用手接過吳僅弦的粥，語氣有些慌張，「我自己吃就好了，謝謝你幫我叫外送，我給你錢吧。」

「不用給錢。你是病患，好好養病就對了。」吳僅弦強硬地拒絕，之後脫下外套，丟在白言的腦袋上，「給你披著吧，不要等一下又著涼了。」

白言望著吳僅弦，愣愣地點了下腦袋。

吳僅弦對他是真的很好。儘管想起容花曾經說過，吳僅弦也許是對自己別有所圖，但他不在乎了，至少現在他很謝謝吳僅弦，謝謝對方每一次的溫柔。

白言眨了眨眼，腦中忽然浮現出溫暖的、帶著陽光般溫度的音符，帶著夏日的氣息，拼湊出美妙的旋律——那是一首宛如吳僅弦的音樂。

白言的手指輕顫了兩下。

他覺得現在自己能把歌寫出來了。他想寫一首有關吳僅弦的曲子，一首溫暖美麗，帶著青春氣息的曲子。

白言的感冒隔了幾天後好了許多，反倒是吳僅弦生病了，他甚至因爲發燒必須請假在家休息。

吳僅弦說他平時很少生病，因此白言只能合理懷疑，對方是被自己傳染了，畢竟他們常常待在一起。

白言嘆了口氣，隨後趴在桌面上，看著吳僅弦空蕩蕩的座位……好無聊，沒有吳僅弦的日子，眞的好無聊。

窗外的蟬鳴仍在喧囂，不知道該做什麼的白言拿出手機，點開遊戲。

看見手機遊戲更新的畫面，白言才驚覺他已經很久沒有打開遊戲了。他在現實世界中忙了起來，忙著顧學業、參加校外教學、和吳僅弦一起度過充實的校園時光。

他發覺自己好像已經可以走出去了，放下這個曾經讓他逃避現實的遊戲。

白言看著閃爍的遊戲畫面，螢幕角落顯示著正在線上的朋友，吳僅弦並沒有上線。

儘管理所當然，他還是嘆了一口氣，沒有吳僅弦在的遊戲，似乎都不怎麼好玩了。

白言用額頭底在冰涼的桌面上，再次重重嘆了口氣，在心中呢喃著，希望吳僅弦快回來上學。

他已經太過想念吳僅弦了。

放學回到家後，白言再度打開手機遊戲，這次吳僅弦奇蹟似的正在線上。

白言激動得立刻送出信息：「你感冒好一點了嗎？」

幾秒後，吳僅弦的回覆跳了出來：「好很多了，謝謝你，明天我就會回去上學了。」

白言鬆了口氣，開始慢慢分享今天在學校發生的事情，都是些瑣碎的小事，但和吳僅弦說起來就是特別有趣。

此時，音符再次出現在白言的腦海中，輕快的、自由的音符，像是在訴說一個美好的故事，這也是屬於吳僅弦的曲子。

兩人最後不僅一起打遊戲，還聊天聊到了深夜。

白言知道，現在吸引他的並不是遊戲本身，而是和吳僅弦一起玩遊戲度過的時光。

當凌晨降臨時，吳僅弦和白言道了句晚安，隨後下線，同時白言的腦中再度出現了音符。

思考片靠後，白言決定把這首歌寫下來，送給吳僅弦。他慌亂地找出紙筆，畫起五線譜，然後填上音符。

心臟跳得飛快，嘴上哼唱著歌曲，白言心中暖暖的。他非常期待樂曲完成的那天。

♪

園遊會後，另一件令學生們期待的事便是校外教學了。

當老師在班會宣布園遊會的地點與注意事項時，全班都開始躁動起來，吳僅弦則是立刻走到了白言的身邊。

「白言，和我同組吧，我們剛好可以湊一間雙人房！」吳僅弦興致勃勃地提議：「你應該還沒有組別吧！」

「還沒。」

「那就和我同組吧！」吳僅弦高舉著報名表，欣喜地歡呼著：「幫我在這邊簽名！」

白言的心臟跳得飛快，彷彿快窒息般。好像只要待在吳僅弦身邊，他就總是很開心，他暗自希望對方也跟他有一樣的想法。

校外教學的當天，白言背著後背包，走上遊覽車。

吳僅弦已經坐在車上，一見到白言就熱情揮手，生怕白言沒有注意到。

白言見狀立刻奔到吳僅弦身旁坐下。

他才剛坐好，吳僅弦就從背包裡面拿出零食，開始一一介紹：「你想吃什麼嗎？洋芋片？小泡芙？還是巧克力？」

看見那麼多零食，白言的兩眼發直，容花從沒允許他吃這麼多垃圾食物，「我想吃洋芋片。」他有些不好意思地說。

「沒問題！」吳僅弦拉開包裝，朝白言遞出零食，「快吃吧，這個口味我超喜歡。」

隨後遊覽車發動引擎，開始往目的地駛去。

搖晃的車子讓白言昏昏欲睡，他先是迷迷糊糊地點了幾下腦袋，之後就把頭靠上吳僅弦的肩膀，不知不覺睡著了。

吳僅弦看著熟睡的白言，露出淺淺的微笑，覺得白言一定是因爲昨天太興奮，晚上沒睡好。看著窗外流逝多風景，又再次看了看靠在自己肩膀上的白言，他忽然覺得一切都很美好。

今年校外教學大家最期待且重視的地點就是遊樂園。

第一次來到遊樂園的白言瞪大雙眼，攤販處的造型氣球在豔陽下飄舞，販賣紀念品的店鋪大櫥窗裡塞滿各式商品。眼花撩亂的白言尚未欣賞完周遭的風景，便被吳僅弦扯著手，迅速奔跑起來。

「你要去哪？」白言頓時有些慌。

「去玩雲霄飛車！」吳僅弦回答：「那是這邊最有名的設施，晚一點就會大排長龍！」

白言有些遲疑。他看著遠方的雲霄飛車，聽見了交織在一起的慘叫，「我不敢玩！」

吳僅弦立刻停了下來，「你不敢玩雲霄飛車？」

「嗯。」白言小心翼翼地點頭。

吳僅弦想了想，「我知道啦，我們去玩別的吧。」

「咦，你也不去嗎？」

「一起玩比較開心，自己玩多無聊。」吳僅弦拉著白言的手緊了緊，語氣溫柔，「反正這裡還有很多其他遊樂設施，我們不一定要玩雲霄飛車。」

白言聽了有些感動，他知道吳僅弦是爲了不要讓他落單。

與此同時，旁邊攤販叫賣著棉花糖，空氣中充滿了夢幻般香甜的氣味。

接下來的時間，吳僅弦牽著白言的手，走過大半的遊樂園。他們去了鬼屋，玩了旋轉木馬，在長椅上吃著零食，直到太陽西斜，鄰近閉園時間。

離開之前，白言忍不住又回頭看了一眼雲霄飛車，然後這次輪到他拉起吳僅弦的手，筆直走向雲霄飛車，加入排隊遊玩的行列。

吳僅弦十分詫異，「你不是不敢坐嗎？」

「沒關係。」白言語氣中帶上點緊張，「你陪我玩了一整天，現在輪到我陪你了。」

隨著隊伍前進，白言的臉色也越來越蒼白。

吳僅弦關心道：「你還好嗎？眞的不用勉強……」

「我可以。」白言認真回答，之後又軟軟補上一句：「但是上去之後，你能牽著我的手嗎？我還是有點怕……」

吳僅弦不禁覺得白言好可愛，可愛到讓他想將對方護在懷裡。

之後他們一起坐上了雲霄飛車，隨著車廂一點一點攀登到最高處，白言抓著吳僅弦的手也越來越緊。

列車往下衝去的瞬間，白言爆出慘絕人寰的尖叫聲，吳僅弦則是開心又滿足地大笑著。

從雲霄飛車下來後，白言仍然是一副心有餘悸的模樣，腳步都有些虛浮。

「你還好嗎？」吳僅弦拍著白言的背，有些哭笑不得，「就跟你說不用勉強陪我玩。」

「我沒事。」白言摸著自己的胸口，感受飛快的心跳，忍不住笑了起來，「其實滿好玩的。」

他突然意識到，自己其實很喜歡那種刺激的感覺，尖叫的瞬間，平時累積的壓力彷彿全都釋放了。

吳僅弦彎了彎嘴角，搭著白言的肩膀，「天色開始暗了，集合時間也快到了，我們回去吧。」

白言點了點腦袋，和吳僅弦一同離去。

此時他們的頭頂正好是漫天彩霞，白言抬起頭，讓光輝倒映在眼底，他永遠不會忘記這美好的一天。

等到眾人回到飯店休息時，時間已經很晚了。

白言和吳僅弦洗漱完畢後就躺在床上，一邊玩遊戲，一邊聊天。

正值青春的少男少女們，每到這種時刻，聊天內容好像總是免不了聊到感情話題。

「白言，我可以問你一個私人問題嗎？」吳僅弦奇地開口。

「什麼問題？」

「你有前任情人嗎？」

聞言，白言明顯頓了一下，「……有。」

「是個Alpha嗎？」

「對，是個優性Alpha男性。」

「他的個性怎麼樣？」

白言看上去很困擾，猶豫片刻才回答：「一開始對我挺好的，但是後來他就變了。」

「變了？」

「嗯。」白言點點頭，「他狠狠傷害了我。」

吳僅弦知道不應該再追問下去了，畢竟白言看上去頗為為難，然而一想到白言曾經有男朋友，他心底有些酸酸的，也不曉得自己在嫉妒什麼。

吳僅弦放下手機，試圖把有些混亂的思緒以及異樣的心情的甩開……他需要轉移注意力。

複雜的情緒在吳僅弦的內心交織，最後他受不了了，忽然喊了一句：「算了，來打枕頭戰吧！」

「什麼？」白言愣住，瞬間就被吳僅弦扔來的枕頭砸到腦袋。

被突然攻擊，哪有不還手的道理？於是白言也抓起枕頭，往吳僅弦頭上丟。

一開始他們只是互丟枕頭，後來漸漸演變成了壓制戰，而吳僅弦的個頭比白言高大一點，三兩下就擺平了白言。

「現在你任我宰割了。」吳僅弦抱著枕頭，洋洋得意地說。

白言眨眨眼，雙頰因為剛剛的混戰而變得通紅，寬大睡衣下隱隱透出白皙的皮膚。

「我投降。」白言輕輕推著吳僅弦，語氣聽上去有些委屈，「你別打我了。」

吳僅弦感覺腦袋好像被重重敲打了一下。他肯定是瘋了，才會覺得此刻白言的模樣有些撩人。

明明他從來沒喜歡過Omega，爲什麼現在卻對白言產生這種感受？

吳僅弦最後往後一倒，用枕頭摀住了自己逐漸漲紅的臉。

「怎麼了？」白言困惑地靠了上來，試圖拿開吳僅弦的枕頭。

「沒什麼，你別看我！」吳僅弦別過身子，避開白言的動作，有些彆扭地說：「很晚了，關燈睡覺吧。」

不明所以的白言乖乖躺到吳僅弦身旁，低聲道了一句晚安。

「晚安。」吳僅弦輕聲回答，感受著白言靠在他身邊的溫度。

好溫暖。吳僅弦忍不住這麼想著，然後沉沉睡去。

三天兩夜的校外教學轉眼就過去了。

回程的路上下了傾盆大雨，遊覽車停在途中的休息站，讓眾人稍作休息。

白言和吳僅弦趁著短暫的自由活動時間在休息站內走走逛逛。逛到一半，白言便被某個攤位上的一條金屬製成的手鍊吸引，遲遲不肯離開。

「想買嗎？」吳僅弦看著白言的側臉，探出頭詢問。

白言先是點了點頭，不過很快又搖頭，「算了，有點貴。」

吳僅弦抿了抿嘴唇，最後拿起兩條手鍊，「老闆，我要買兩條。」

「兩條？」白言睜大雙眼。

結完帳後，吳僅弦微笑著，牽起白言的手，把金屬手鍊仔細繫上，之後也幫自己戴上了一樣的飾品。

「你看。」吳僅弦把自己的手和白言的並排在一起，「是一對的。」

「嗯。」白言也笑了，「很好看。」

周遭雨水滴落的聲響彷彿一首雜亂的曲子，白言的腦海中再度浮現音樂，他輕輕哼唱了起來，那首他想寫給吳僅弦的歌，好像就快成形了。

♪

結束短暫的玩樂行程後，眾人又再度回到日常校園生活。

這天吳僅弦靠在桌上，一邊打著呵欠，一邊看著拿著掃把打掃的白言。

白言的身材很消瘦，而且習慣駝著背，加上不怎麼喜歡出門，因此皮膚異常蒼白。

這人看起來就不怎麼會照顧自己，如果好好打扮一下，應該看上去會精神很多。吳僅弦這麼想著。

他忽然萌生一個有趣的想法，便跑到白言身旁，興奮地問：「白言，這個週末要不要和我一起去逛街？」

白言明顯嚇了一跳，露出極爲不安的表情，「逛街？」說起「逛街」兩個字的時候，白言彷彿舌頭都快打結般。

吳僅弦點點頭，「我陪你去。」

白言遲疑了一下……容花八成不會喜歡這個主意，自己應該少不了一頓罵，對此他不禁有些擔心。不過看著吳僅弦興奮的眼神，他最後還是點點頭，答應了邀約。

週末這天，白言提前幾分鐘來到與吳僅弦約好的地點，然後縮在商店街的一角。他的隔壁是一個蔥油餅攤，濃煙一直往他的方向飄來，不過他並沒有躲開，反而還希望煙霧能再大一些，最好把他整個人蓋住。

車水馬龍的大街上，充斥著人們的談笑聲、上班族匆促的腳步聲……而這對白言來說眞的太多人了，到處都充斥著費洛蒙的氣味，有些較爲強勢的Alpha費洛蒙讓他本能地退縮。

他很想逃，然而在打退堂鼓前，吳僅弦就出現在他的面前。

「你怎麼躲在這裡？」吳僅弦挑眉，有些好笑地說：「煙這麼大，我差點找不到你。」

白言愍了半天，才愍出一句：「這邊人比較少。」

吳僅弦彎了彎嘴角，這邊可是車站旁的商店街，人當然多了。他朝對方伸出手，「別擔心，如果你怕跟丟的話，可以牽著我的手。」

白言二話不說就抓住吳僅弦的手，緊緊抓著，就像不想再鬆開一樣。

吳僅弦幫白言先買了一杯布丁奶茶。

白言喝了之後立刻睜大了雙眼，看上去很開心的樣子。

吳僅弦很洋洋得意，「怎麼樣，好喝嗎？這間是我的愛店，每次路過必買。」

「好喝。」白言看著吳僅弦，烏黑的眼底有流光閃動，「謝謝你，我第一次喝這種東西。」

吳僅弦頓住了，半晌後才有些不好意思地別過腦袋，「喜歡的話，我們以後可以常來。」

方才那瞬間，他甚至不知道自己在心動些什麼……爲了掩飾尷尬，他拉著白言，轉身就走進一家服飾店。

這是一家走街頭流行風格的服飾店，牆上掛滿了鮮豔花色的衣服，還有很多金屬飾品。

白言剛進店就想撤退了，表情看上去驚恐不已，要是眞的買了這種衣服，容花鐵定會把他的皮扒了，「不行、不行、不行……不適合我。」

吳僅弦忍不住笑，「我沒有要讓你穿那些誇張的衣服，先試試牛仔褲吧，這家的牛仔褲好看又耐穿。」

說完吳僅弦就走到牛仔褲的區域，隨手抓了幾件，往白言的身上比劃，最後滿意地點了下腦袋，而後又拿了幾件搭配的襯衫，「好了，就這幾件吧，去試穿，試衣間在後面。」

「試穿？」白言接過多件衣物，一臉茫然。

「對啊，反正試穿又不用錢。」吳僅弦接過白言的奶茶，笑著鼓勵他：「去吧，我在外面等你。」

白言聞言便抱著滿懷的服裝，慢慢走進試衣間。

片刻後，看見走出試衣間的白言，吳僅弦忍不住雙眼發直。他發現白言很適合白襯衫，雖然現在他身上的那件和校服是同類型的衣服，但是白襯衫就是很能襯出白言身上乾淨的少年氣質。

「怎麼樣？」白言試探地問，不自在地拉了拉立領。

吳僅弦趕緊跑過去，拉住白言的手，「這是立領襯衫，本來就是這樣穿的，你穿起來很好看。」

「是嗎？」白言似乎鬆了一口氣。

「嗯。」吳僅弦點點頭，又低頭看了一眼白言的褲子，「牛仔褲還合身嗎？」

「還行吧。」

吳僅弦皺了下眉，然後伸手拉了拉白言的褲頭，「太鬆了，你太瘦了，我再去幫你找其他尺碼。」

白言下意識屏住呼吸。他不知道是怎麼回事，但是當吳僅弦拉住他的褲子時，似乎帶著一種說不出的親近，而他喜歡這種親密感。

走出店面時，白言手上抓了兩袋衣服。

換上新衣服時，吳僅弦總是看上去很興奮的模樣，對他一陣猛誇。他耳根子軟，就忍不住把試穿過的服裝都買了下來，明明他對逛街購物、打扮自己並沒有太大的興趣。

白言咬著吸管，把最後一口奶茶吞下，然後看著自己緊抓著吳僅弦的手——吳僅弦的手很溫暖，令人心安。

白言搖晃著手中的衣物，忽然覺得很踏實。

到了晚上，商店街越發熱鬧，人聲淹沒夜色，攤販的叫賣聲四起，白言卻不再心慌。

吳僅弦回過頭，看見白言睜大眼睛，觀察四周的模樣，心中忽然生出「美好」兩個字。白言並沒有改變，還是原本的模樣，所以他明白是自己的心境發生變化，變得在乎白言了。

「白言。」吳僅弦笑著問：「今天開心嗎？」

白言趕緊點頭，「開心。」

「那我們下次再約吧。」

很簡單的一句話，卻讓白言心跳加速。

下次，他們還有下次……光是這個約定就讓白言興奮不已。

♪

這天，學校音樂課結束後，吳僅弦拿著音樂課本，朝白言大聲抱怨：「老師考這什麼東西啊？十六分音符是什麼？我連題目都看不懂！」

白言有些不可置信地說：「這次考得很簡單啊，都是最基礎的樂理而已。」

吳僅弦嘖了一聲，拉扯著白言的臉頰說：「你擅長音樂，不懂我們音痴的痛苦！」

白言歪著腦袋問：「你是音痴嗎？」

像是爲了證明自己說的是實話，吳僅弘清了清嗓子，開始唱起一首歌。雖然能從歌詞聽出是最近很紅的曲子，但因爲吳僅弦唱的音調和節拍都完全不準，簡直變成慘不忍睹的改編版本。

白言張大嘴，不敢相信自己聽見了什麼，隨後暴笑起來，清脆的笑聲打斷吳僅弦的歌聲。

吳僅弦沒好氣地看了白言一眼，「現在你知道了吧，聽說期中要分組考唱歌，我完蛋了，我一定會拖累別人。」

「我不會嫌棄你，我們可以一組。」白言停下笑聲，認眞看著吳僅弦。

「眞的？」吳僅弦的眼睛一亮，像是看見救命稻草，「既然我都唱了，那你也唱一段給我聽吧。」

白言遲疑了一下，此時教室的人已經散得差不多了，只剩下他們。他終於鼓起勇氣說：「我唱一小段自創曲吧。」

隨後白言開口哼唱了起來。

他才剛開口，吳僅弦就愣住了。白言的音色很溫柔，帶著些許的沙啞，嗓音像是冬日的暖陽，溫柔到讓他下意識屏住呼吸——唱著歌的白言彷彿閃閃發光。

當白言停下的那一刻，吳僅弦才如夢初醒，回過神來焦急地詢問：「怎麼停下來了？」

「這首歌的後面……還沒寫。」白言不好意思地抓著自己柔軟的髮絲，「你喜歡嗎？」

吳僅弦激動地握住白言的手，「喜歡！非常好聽，我們期中考就唱這一首吧！」

「可以嗎？」白言頓了頓，「這首歌音調偏高……你能唱上去嗎？」

吳僅弦頓時語塞，這首歌的確不好唱。不過他並不打算放棄，因此提議：

「現在的我的確唱不好，所以你教我吧。」

「教你？」

「是啊。」吳僅弦笑了起來，「以後放學後教我唱歌吧。」

白言眨了眨眼，覺得時間好像突然慢了下來，他的心臟猛烈地跳動，金黃的陽光落在吳僅弦的身上，滴滴汗水沿著對方的額角滑落——沒有費洛蒙的氣味，他卻胸口發燙。

如果教吳僅弦唱歌，他就能和吳僅弦待在一起更長一段時間了，容花要是知道了肯定會抓狂，但他並不在乎……他就想要和吳僅弦待在一起。

於是白言點點頭，在夏末的蟬鳴中，笑著回答：「好啊，以後我就是你的歌唱老師了。」

從那之後，白言就開始和容花撒謊，宣稱要待在學校晚自習，所以會晚歸。實際上他每天都和吳僅弦待在一起，大部分的時間他會教對方唱歌。有時唱累了，他們就會找時間休息，一起吃晚餐，聊聊學校發生的事情。

最後吳僅弦總會騎著破舊的腳踏車，載著白言回家。依照白言的請求，吳僅弦不會送白言到家門口，而是會停在較遠的路口，讓白言走回家。

坐在吳僅弦的腳踏車後座，白言抬起腦袋，遠方的太陽微微傾斜，金黃的陽光落在他的身上，微風吹去夏季的燥熱。

吳僅弦踩著腳踏車踏板，一邊騎車一邊抱怨：「明天的作業好多，要交數學和歷史的作業。」

「還有一篇五百字作文。」白言咬著蘇打口味的冰棒，含糊回答：「而且這次的作文題目好難，不知道要寫什麼。」

吳僅弦愣了下，「還好吧？這次的題目是〈高中的回憶〉，應該不算太難，我昨天就寫完了。」

白言苦笑幾聲，淡淡地說：「自從在青春期分化成優性Omega之後，我在高中就沒發生什麼好事，反而常常覺得我不是Omega就好了。」

最終，他的聲音吹散在晚風中。

吳僅弦沉默著，放慢了踩踏板的力道，最後乾脆停了下來，將腳踏車掉頭。

白言驚訝地拉高了語調，「你要去哪？」

「去海邊，我們一起去看海吧，騎車三十分鐘就到了。」吳僅弦大聲地說。

沒有回憶？那他就幫白言就製造一個。

「吳僅弦，你瘋了嗎，現在都幾點了？」白言幾乎喊了出來。

「沒錯，已經不早了，所以我們快走，也許還趕得上日落！」吳僅弦說完就迅速重新踩起踏板。

搖晃的車身讓白言嚇得緊緊抱住吳僅弦的身軀，對方的體溫穿透單薄的制服，傳遞到他的身上。

容花一定會生氣的。這個想法閃過白言的腦袋，很快又被拋到腦後，他深吸了一口氣，鼻尖都是吳僅弦身上美好的味道。

即使吳僅弦騎車騎到快斷氣，他們到達海邊時，還是沒有趕上日落，太陽已經落到了海平面下方，只剩下夕陽餘暉流淌整個天際，在水面上倒映出暖黃色的波光。

吳僅弦牽著車，沿著堤岸頹喪地走著，頗不甘心，「可惡，就差一點，差一點點就趕上了。」

白言笑了起來，拍了一下吳僅弦的肩膀，「沒關係，下次還有機會。」

下次？吳僅弦頓了頓，這才明白過來，白言還想和他一起來。

這個事實讓吳僅弦興奮，不禁開心地笑瞇了眼，「說的也是，我們下次早點過來吧。」

隨後吳僅弦停下腳步，把書包丟在堤岸上，開始脫下鞋襪。

「你在做什麼？」

「爲玩水做準備。」吳僅弦一副理所當然的態度，「來都來了，至少碰一下水吧。」

白言一開始還不敢動作，看著吳僅弦躍躍欲試的樣子，也跟著緩緩蹲了下來，把鞋襪脫掉，然後捲起褲管。

吳僅弦朝他伸出手，白言沒有猶豫抓住對方，兩人一起跳下堤岸。

金黃的沙子中殘留著陽光的熱度，白言在沙灘上奔跑，細碎的砂礫流進他的腳趾縫中，帶著柔軟的觸感。

他們一路奔跑，直到踩進因夕陽而變得金黃的海水中。

白言肆無忌憚地笑著，清澈的海水淹沒他的小腿，浸濕他的褲管。他張開雙手，感受著海風吹過他的髮絲，那瞬間他忽然感覺到世界如此之大，而自己這麼渺小，渺小到什麼都不值得他在乎。

白言深吸一口氣，鼻腔中都是海水的氣息，又有幾顆音符在他的腦中彈跳……現在他知道自創曲的後半部該怎麼寫了，他抬起指尖，幻想著壓下吉他的和弦——這是吳僅弦帶給他的曲子。

白言動著自己的指頭，下一秒他的身子開始不自然地發熱，止不住的顫抖開始蔓延至他的全身，讓他的雙腿一軟。

注意到白言的不對勁，吳僅弦趕緊扶住對方的身軀。看著目光閃爍的白言，他焦躁地問：「白言，你怎麼了？」

白言的雙頰發燙，咬牙吐出幾個字：「回家……回我家……」

一陣淡淡的小蒼蘭香氣竄進吳僅弦的鼻子中，讓吳僅弦渾身緊繃。

「好，我們回去，你忍耐一下。」吳僅弦說完就將白言背在背上，開始拚命地往回跑。

白言在恍惚中抱緊了吳僅弦，同時聞到一股清新的氣息，像是英國梨一樣的味道，還混雜著汗水氣味，朝他直撲而來。

不對勁，不該發生這種事情……白言意識模糊地想著。他的發情期居然提早來了。

接到白言求救的電話時，容花幾乎崩潰，他踩著混亂的腳步，穿著睡衣就跑到了公寓的大門前。一出門他就看見了吳僅弦，以及被抱在吳僅弦懷中縮成一團的白言。

白言身上的費洛蒙氣味已經無法抑制地四處流竄，而他痛苦的模樣讓容花十分心碎。

吳僅弦的臉色發白，手足無措地看著容花，「對、對不起，我不知道……」

容花幾乎是將白言搶了回來，甚至沒有時間再理會吳僅弦，轉身就直接衝回大樓中。

居然帶著正處在發情期的Omega在外面亂晃！吳僅弦這小子是白癡嗎？知不知道這可能會招來居心不良的Alpha？容花忍不住在心中咒罵。

手忙腳亂地將白言帶回家中，容花輕手輕腳地將渾身燥熱的白言送回房間。

看著白言難受的模樣，容花趕緊取出Omega的費洛蒙抑制劑，又匆匆倒了一杯水，扶著白言，讓他把藥吞下。

深知發情期痛苦的容花扭曲著臉，心疼罵道：「那個吳僅弦對你做了什麼？」

白言抽動了一下身軀，無力地開口：「沒事，他帶我去看海而已。」

「看海會搞成這樣？我才不信！」

「不干吳僅弦的事，是我的發情期提早來了，我也沒準備好，所以才沒帶抑制劑出門。」白言拉扯著身上的衣服，哀求地說：「別說了，拜託請你先出去，好嗎？」

容花深吸一口氣，他也是個Omega，深知Omega的發情期有多痛苦，於是他穩了穩氣息，然後緩緩起身，離開房間。

聽見房門闔上的瞬間，白言焦躁地褪去褲子，只見他的陰莖早已挺立，後穴也變得濕潤。

抑制劑的藥效還沒開始，因此白言只好自己解決。他一手開始撫弄著下體，另一手探進身後那處，而後發出細碎的呻吟。

他渾沌的腦海中浮現了吳僅弦的臉，他渾身緊繃，套弄著性器的速度逐漸加快，甚至開始想像吳僅弦插入自己體內的模樣。

白言眷戀著吳僅弦身上的一切——對方偏高的體溫、如英國梨乾淨的氣息。

「吳僅弦……吳僅弦……」白言咬著下唇，輕聲呼喚著對方的名字，在另一處搗弄的手指刺激著讓自己舒服的位置，恍惚間他感到一陣酥麻。

不知道吳僅弦會不會想要和他上床呢？想著這件事的同時，他扭動了一下腰桿，身體迎來高潮，白濁的體液噴濺在手上。

空氣中散發著淡淡腥味，白言喘著氣，有些罪惡感地看著沾染在手上的白色液體……他喜歡上吳僅弦了。

白言有個祕密，一個少數人才知道的祕密，其實在上一所學校發生的霸凌事件，帶頭的人是他的前男友。

當時因爲個性不合適，白言主動提出分手，沒想到對方挾怨報復，險些釀成大禍。

出於一些說不清也道不明的心情，白言在接受詢問時隱瞞了這件事，但容花自然心知肚明。

直到現在，容花還是沒有原諒白言的前男友，也對白言身旁的所有Alpha，甚至是所有人都格外警惕。

白言都知道，容花只是擔心他。

當白言走出臥室時，看上去十分疲憊。他坐在餐桌旁，呆呆看著容花端上的晚餐。

「吃吧。」容花坐到白言的對面，淡淡地說。

白言沒有動筷，反而忽然說了一句：「我留下了那個人的一支筆。」

「什麼東西？」容花一愣。

白言吞了口水，輕聲道：「我的前男友，我留下了他的一支筆。」

「你留那個東西做什麼！」容花立刻惱怒起來。

白言慘笑了一下，「我也不知道。」

這下容花也沉默了。他撥弄著碗中的高麗菜，過了半天才回答：「算了，也許你就只是想要一個證明。」

「證明什麼？」

「證明那個人曾經存在你的生活中，畢竟你喜歡過他，對嗎？」容花嘆了口氣，舉起筷子，「話說回來，當初我就告訴過你了，不要那麼早就談戀愛啊，你有沒有在聽！」

「抱歉。」白言低垂著眼，「我可能還沒有學乖。」

「你啊……」容花咬著牙，「脾氣眞硬。」

白言露出無奈的微笑，自從被霸凌後，他就對Alpha的費洛蒙特別敏感，就連到人太多的地方，聞到費洛蒙都會忍不住反胃，個性也畏縮不少。是吳僅弦牽著他了手，帶他走進人潮中，告訴他沒關係，而吳僅弦身上沒有費洛蒙的味道，卻讓他感覺甜甜的。

白言忽然就覺得，自己或許已經可以把前男友的筆丟掉了。

白言後來向學校請了幾天假。

老師只說了白言身體不適，並沒有說明詳情。不過同學也八成能猜中，只要班上有Omega臨時因身體因素請假，八成都是同個原因——發情期到了。

吳僅弦不禁痛恨著自己的後知後覺，當他看見白言滿臉潮紅且癱軟的模樣，居然慌到忘記那是Omega發情期的標準象徵。

他無精打采地趴在桌上，反覆拿起手機，又反覆放下，不斷打開和白言的聊天紀錄，又再度關上。他很想關心白言的情況，卻想起那天白言母親瞪著自己的模樣，忽然又有些害怕……他會不會被白言討厭了呢？

吳僅弦忍不住嘆了口氣，那聲嘆息最終消融在夏季尾端的蟬鳴中。

他不覺得自己是個優柔寡斷的人，更不覺得自己的神經纖細，然而面對白言的時候，他似乎總會想得很多。

上課鐘聲響起，班上同學的喧鬧逐漸沉寂，吳僅弦也勉強打起精神，拿出國文課本。

只見國文老師走到講台上，敲著黑板說：「今天要收作業，大家把寫好的作文交上來。」

吳僅弦拿出作文，看著題目〈高中的回憶〉，腦海中忽然浮現白言的歌聲，溫暖的、柔軟的、宛如冬陽般的溫柔歌聲，帶著悠久的情長——白言就是他最美好的高中回憶。

想起白言時，吳僅弦彷彿聞到一陣小蒼蘭的香氣。

他皺起眉，頓時有些困惑，此時一名女同學正好從他面前路過，留下一陣牛奶糖般甜膩的氣息。

他下意識繃緊神經，仔細嗅著空氣中的氣味，發現世界變得不一樣了。

如今他的鼻腔中充斥著各種不同的味道，有柑橘的甘甜、桂花的清香，甚至有肉桂的香辣氣味。有些氣息比較溫和，讓他自然地被吸引，有些氣息則更有存在感，讓他本能地保持距離。

忽然多出的感官讓吳僅弦一陣眼花。他聞了聞自己，發現身上帶著一種淡淡的水果氣味……實在太詭異了。

吳僅弦摸了摸鼻子，想著自己有可能病了。

吳僅弦趁著下課期間去了一趟保健室。

保健室的護理師身上帶著消毒水的刺鼻氣味，還有一種類似紅茶的香氣。

吳僅弦坐在保健室中，不安地說起了自己的症狀，沒想到護理師聽完後立刻笑了起來，「你分化了啊，所以才能聞到費洛蒙的氣味。」

「分化了？」吳僅弦頓時心慌，「不對啊，我之前從來沒有聞過費洛蒙的氣味，我應該是個Beta才對。」

「的確，大部分的人都在上高中前就分化了，但也有些人比較晚。你還在青春期，所以還是有這個可能。」護理師想了想，「不過越晚分化，通常代表對費洛蒙的感知越遲鈍，所以要做好心理準備，你是劣性的可能性比較高。」

「能知道我是Alpha還是Omega嗎？」吳僅弦問得很急。

「你可以試著感覺一下我的費洛蒙。」護理師微笑著問：「你現在能聞到我的費洛蒙吧？告訴我是什麼感覺。」

「淡淡的，有點像是茶葉的味道。」

「喜歡嗎？」

「嗯，還不錯。」吳僅弦撇開視線，有些不好意思。

「那你八成是個Alpha，因爲我是Omega，所以你會很自然地喜歡我的氣味。」護理師點了點頭，隨即又說：「不過如果你想知道得更詳細，就去醫院做檢查吧，那邊的判斷會更專業。」

吳僅弦垂下腦袋，看著自己的雙手，頓時感到一陣恐懼。如果他是個Alpha

該怎麼辦？白言最討厭的就是Alpha的氣味，而他一點也不想被白言討厭。

當天下午一放學，吳僅弦便直接去醫院做了個簡單的檢查。

護理師姐姐猜得沒錯，他是個Alpha，還是個劣性Alpha，八成是受到了某個很強的優性Omega刺激，這才讓他分化了。

得知這個結果後，他渾渾噩噩地去了一趟藥局，買了一整袋Alpha專用的抑制劑。

Alpha雖然也有屬於自己的易感期，但平時並不需要使用如此大量的抑制劑，吳僅弦打算隱瞞自己身爲Alpha的事實，所以平時也得服用抑制劑……他就是如此害怕白言會討厭他。

幾天後，白言回到學校時，吳僅弦不旦避開白言的搭話，甚至連視線都開始閃躲對方。

雖然吃了抑制劑，吳僅弦還是不敢靠白言太近，怕白言聞到自己身上的費洛蒙氣味。

此外，他現在終於知道，白言是個多強的優性Omega了，就算隔著一條走廊，他也能隱隱聞到白言身上散發出的費洛蒙——濃烈的、勾人的、香水一樣的小蒼蘭氣息。

下課鐘聲響起的瞬間，白言從書包中拿出作文，主動走道到吳僅弦身邊，「我要去補交作業，你要陪我去嗎？」

「啊……」吳僅弦縮了一下，趴在桌面上，用手環住腦袋，「我有點想睡了，你自己去吧。」

從手臂的縫隙中，他能看見白言露出悵然若失的神情，好看的眉頭皺在一起，烏黑的眼眸中帶著隱忍的難受。

即使是有些惱怒的神情也這麼好看。吳僅弦不禁這麼想著。

他好像知道爲什麼白言會被其他Alpha攻擊了，因爲就連他這樣一個劣性Alpha，都會產生想要獨占白言的念頭。

好不容易熬過一整天，放學鐘聲一響，吳僅弦抓起書包，幾乎是用逃的離開教室。

然而他才一隻腳踏出教室門外，還沒完全衝出去，白言就追了上來。

氣喘吁吁地扯住吳僅弦的書包，白言難得大聲地說：「你要去哪裡？」

「我要回家。」吳僅弦回答得很心虛。

「你不留下來練習唱歌了嗎？」白言有些受傷。

「算了，像我這樣的音痴，怎麼也唱不好。」

「也不載我回去嗎？」

「太麻煩了。」吳僅弦看著白言緊扯著自己的手指，頓了頓後說：「你先放手。」

「爲什麼？」白言的手指反而抓得更緊了，他的雙唇顫抖著，淚水逐漸在他的眼眶中堆積，「爲什麼要躲著我？是我發情的樣子嚇到你了嗎？」

白言說話的聲音並不小，幾位正要走出教室的同學聽見後，不禁好奇地回頭多看了一眼。

發現了旁人的側目，吳僅弦的腦袋疼了起來，他趕緊拉住白言的手，壓低聲音，「不是，你別這麼大聲。」

「那你告訴我爲什麼？」白言反倒加大音量。

沒想到平時看上去乖巧的白言，脾氣居然也挺硬的……吳僅弦四處張望了一下，「這邊人太多了，我們去別的地方說。」

白言點點頭，手卻像是害怕吳僅弦再度逃跑似的，依舊緊緊抓著吳僅弦的書包背帶。

在同學好奇的目光之下，吳僅弦拉著白言來到他們時常練歌的角落。

白言率先停下腳步，「告訴我實話，爲什麼你不理我了？」

「因……因爲你媽好像很討厭我。」吳僅弦閃躲著白言的視線，「我送你回家那天，他好像對我很不滿。」

他不敢承認自己是個Alpha。

白言的表情帶上惱怒。他插著腰，非常不滿地說：「就因爲這樣？你是膽小鬼嗎？」

「膽小鬼？」吳僅弦詫異地瞪大了眼，「你說我是膽小鬼？」

一把怒火竄上吳僅弦的內心。他是出於好意，怕傷害到白言才決定保持距離，沒想到對方居然這樣理解他的舉動。

於是他也豁出去了，把壓抑的情緒吼了出來，「是啊，我就是個膽小鬼！事實上，你發情的時候的確很可怕！」

話才出口，吳僅弦就後悔了。分化成Alpha之後，他好像更容易衝動了，也不曉得是不是費洛蒙的關係。

白言看著吳僅弦的眼神從原先的惱怒轉爲冰冷。他靜靜看著吳僅弦，最後垂下腦袋，輕聲說道：「你不是不介意嗎？你不是說自己是個Beta，所以沒有關係嗎？」

此話一出，吳僅弦再度被戳到痛處，他多麼痛恨身此時身爲Alpha的自己，「你根本不懂。」

白言最後只是把視線轉向另一側，語氣冷淡，「算了，我的確不懂，你走吧。」

於是，吳僅弦轉過身，快步離去，最後甚至開始奔跑了起來。

他的思緒亂成一團，滿腦子都是白言——白言笑起來的樣子、白言唱歌的模樣，還有白言受傷的眼神。

白言，白言，白言，他的整個世界都是白言。

他好想告訴白言，他說的都是氣話，他眞正想說的根本不是這些，其實他很喜歡白言小蒼蘭味的費洛蒙。對他來說，那是美好回憶的氣味，也是讓他瘋狂的氣味。

可是，他不敢。

白言說得沒錯，他就是個膽小鬼。

吳僅弦沒想到白言能做得這麼絕。自從吵架之後，白言就沒再跟他交談過，就連一個眼神也拒絕給他。

他曉得這是自己選擇的，所以他並沒有說什麼，只是依舊一天天吞下抑制劑，盡力隱瞞他的身體狀況。如果讓白言發現他是個Alpha，恐怕只會更讓白言噁心吧。

雖然如此，他偶爾還是希望能從白言那邊得到一個微笑，就像是以前一樣。

吳僅弦無精打采地吞下難吃的抑制劑，隨後拿起音樂課本。他走到音樂教室時，正好上課鐘聲響起。

音樂老師是位綁著馬尾的美麗女性，身上沒有任何的氣味，吳僅弦現在已經能夠清楚判斷她是位Beta。

是Beta真好啊。吳僅弦撐著腦袋，羨慕地望著老師，早已無心聽講。

隨後他發現班上的同學們開始迅速動了起來，猛地回過神，聽見老師在台上拍著手，大聲地宣布：「現在開始登記期中考唱歌表演的組別，大家現在可以自由移動尋找組員，確定好組員就來找我。」

吳僅弦幾乎是反射性將視線轉向白言。

儘管關於白言的八卦依舊流傳在同學們之間，仍不妨礙部分對白言有興趣的Alpha在此時刻意找上他，加上平常護著他的吳僅弦不在身邊，那些Alpha顯得更躍躍欲試。

身爲優性Omega的白言，會自然吸引著所有的Alpha，畢竟，這是他們都無法抗拒的生理本能。

見白言面有難色，吳僅弦腦袋一熱，猛地站了起來。他忽然意識到，如果再這麼躲下去，白言一定會被別的Alpha搶走，現在可不是他懦弱的時候了。

他鼓起勇氣，邁著大步走到白言的座位前，擠過人群後衝著白言說：「跟我同組吧。」

白言望著他的視線帶著陌生，但這次他並沒有收回視線，而是直直地盯著白言的雙眼。

或許是Alpha的本能作祟，吳僅弦這次居然能感覺到自己的費洛蒙中多了一種獨占的威脅性。

隨後白言望著他的眼神逐漸變得柔和，嘴角也揚起一抹淺淺的笑意，「你終於不逃了。」

吳僅弦不禁有些羞愧，稍稍轉開視線，看著白言交放在桌上的雙手，努力掩飾著動搖說：「這是答應的意思吧？」

白言笑著點了點頭。

他的笑容讓吳僅弦的胸口一緊，險些克制不住自己的費洛蒙。周圍原本想找白言一組的同學們發出可惜的嘆息，紛紛散去尋找別的組員。

兩人大概是太久沒說話，吳僅弦有些彆扭，吞了吞口水才小心翼翼地開口：「我們……去找老師登記？」

「好。」白言站起身子，走到吳僅弦的身旁。

他們已經很久沒有站得這麼近了。吳僅弦聞到了白言身上小蒼蘭的氣味，比香水還濃，讓他沒聞幾口就感覺被迷住了神魂。

他忽然發現，自己不僅僅是膽小，還很貪婪，貪婪地希望白言能屬於他。

當天放學，吳僅弦再次留了下來。白言見狀站到他身旁，用調侃的語氣說：「怎麼，不怕我了？」

「別損我了。」吳僅弦揮了揮手，「開始練唱吧。」

「希望你還記得怎麼發聲。」白言從抽屜中取出一個資料夾，將簡譜遞到吳僅弦的手中，「我的自創曲寫好了，要不是你躲著我，我早就給你了。」

「對不起。」吳僅弦有些尷尬，「我也是有苦衷的。」

「什麼苦衷？」白言追問。

吳僅弦咬了咬牙，不安的眼神飄移，憋了半天才說出一句：「我……說了可能會被你討厭……」

「讓我猜猜，好嗎？」白言坐上自己的桌子，面對吳僅弦晃著腿，「你分化成Alpha了。」

吳僅弦聞言立刻僵住，斷斷續續地問：「你、你怎麼知道？」

白言翻了個白眼，「我好歹也是個優性Omega。」

剛回來學校上課時，白言就注意到了，吳僅弦身上帶著一種淡淡的清香，那是英國梨的香味。

大概是費洛蒙的味道，但白言並不能確定，因爲那個氣味很淡，有時會突然竄進他的鼻腔，有時又消失得無影無蹤。

然後他發現，吳僅弦有時會在下課時吞下某種藥丸，看上去居然像是Alpha的抑制劑。他大爲震驚，忍不住猜測吳僅弦意外分化爲Alpha了。

白言先前無法確定，直到在音樂課上，吳僅弦主動走到他的面前。

那時吳僅弦沒有壓制住費洛蒙，他的氣息甚至帶著攻擊性，像是要推開其他Alpha，將他占爲己有。

這種費洛蒙白言再熟悉不過了。若是其他人出現相同的狀況，白言一定會退縮，但聞到吳僅弦身上的氣味，白言卻感到一陣心安。

他終於知道吳僅弦躲著自己的原因。

白言嘆了一口氣，伸手用力捏住吳僅弦的鼻子，「傻子！爲什麼這樣就要躲著我？你知道我多難過嗎？」

「疼！」吳僅弦抗議道：「因爲你討厭Alpha的氣味啊！要是眞的被你討厭了怎麼辦啊？」

「我討厭Alpha的費洛蒙，不代表我會討厭你。」白言鬆開手，表情有些失落，「你對我就這麼沒有信心嗎？」

「不是那樣，我只是不想被你討厭……」

「我才不會討厭你，因爲我喜歡你啊。」白言想都沒想就脫口而出。

沒想到白言會說出這句話，吳僅弦的大腦頓時當機了，他張著嘴，不知道該說些什麼，過了半晌，才結結巴巴說：「你……你要想清楚，也許你只是一時被我的費洛蒙迷惑，才會以爲自己喜歡上我。」

「誰會被你的費洛蒙迷惑啊？我又不是沒見過優性Alpha。」白言抱著樂譜，笑得更大聲了，「再說了，在你成爲Alpha之前，我就喜歡你了。」

白言也說不上來，他究竟是什麼時候喜歡上吳僅弦的。

可能是在他騎著腳踏車載自己回家的途中、他們肩並著肩練唱的時候，也或許就只是因爲那天吳僅弦帶他去海邊，從那之後白言就希望能和吳僅弦待在一起，永遠在一起。

看見吳僅弦呆滯的表情，白言用雙手撐著身子，笑著說：「你不用立刻回應我，我就只是想告訴你而已，我喜歡你。」隨後如釋重負地鬆了一口氣。

吳僅弦大概想不到，在他深陷在發情期中時，「我喜歡你」這句話到底在他腦中浮現了多少次。

那時的他抓著床單，一遍遍自慰，反覆地高潮，房間中充斥著腥羶的氣味。他摸著被自己抓到腫脹的乳首，茫然地想著如果吳僅弦是Alpha，身上會是什麼樣的味道。

現在他知道了，是英國梨的香氣，這是唯一一個不讓他討厭的費洛蒙。

隨後白言仰起腦袋，開始唱起了自己的曲子。

「沒關係，當你被世界推開時，我會接住你，所以沒關係的，我在你身邊。」白言這麼唱著。

白言的歌聲依舊溫暖悠揚，吳僅弦知道那是寫給他的歌。

♪

二人把話說開後，日子好像恢復從前的模樣。

不同的是，吳僅弦知道自己變得更加貪心了，比以往都還要貪心，焦急著試圖占據白言更多時間，恨不得白言的世界中只有自己。

趁著放學時分，吳僅弦坐到了白言的身旁，甩出兩張電影票到桌上。

白言被這突如其來的舉動嚇了一跳，呆呆地眨了眨眼後問了一句：「這是什麼東西？」

「電影票。」吳僅弦有些彆扭地說：「我不小心多買了一張電影票，你今天要不要跟我去……」

「去！」白言還沒等吳僅弦說完就立刻答應，用力抓緊了桌上的電影票，興奮得滿臉通紅，「我還要買巧克力口味的爆米花！」

雖然他又得再因此說謊隱瞞容花自己的行蹤，但這是吳僅弦久違的邀約，哪有不去的道理！

看著興奮的白言，吳僅弦底抓抓後腦勺的頭髮，忽然不知所措，那瞬間他只覺得白言無比可愛。

完了。吳僅弦不禁這麼想，看來他眞的要栽在白言的手上了。

電影結束之後，白言哭得兩眼都腫了。

吳僅弦也沒想到會變成這個樣子，他只是隨便選了一部近期熱門的愛情電影，誰知道結局是悲劇，女主角最後居然過世了。整個影廳哭聲四起，偏偏哭得最慘的還是坐在他隔壁的白言。

白言哭到都忘記吃爆米花，出來時手上還是滿滿一桶。

「有這麼感人嗎？」吳僅弦遞出面紙，有些哭笑不得。

白言吸著鼻子，努力擠出聲音，「有。」

「是因爲女主角過世了嗎？」

「不是。」

吳僅弦有些詫異，「不然是爲什麼？」

「最感人的地方，是女主角即使知道自己即將死去，卻還是努力活著。」

吳僅弦看著白言的側臉，脫口而出：「眞纖細啊。」

他忽然意識到，白言的心靈比想像中更加細膩，而那份細膩讓白言寫出了溫暖的歌曲，卻也讓白言比一般人更容易受到刺激，這同時也讓他不自覺地想要保護對方。

當吳僅弦還沉浸在思緒中時，白言忽然蹲了下來，抱著爆米花的手輕輕顫抖著。儘管那抹身影距離他很遠，他還是看見了——容花從他面前的人群中穿越。

絕對不能被發現，否則他和吳僅弦會一起遭殃。

佇立在一旁的吳僅弦也蹲了下來，語氣擔憂，「怎麼了？」

「小聲點。」白言低聲回答，連聲音都在微微發抖，「我媽在這裡。」

這下連吳僅弦也不禁繃緊身體，「他怎麼在？」

「不知道。」白言搖了搖腦袋，「這家電影院在商場裡面，或許他剛好過來逛逛。」

「別擔心，這裡的人很多，我們不會被發現。」吳僅弦趕緊安慰白言。

「這可不一定。」白言慘笑了一下，「我媽是優性Omega，他對我的費洛蒙又非常熟悉，被發現了也不意外。」

像是印證白言的話一樣，遠方的容花皺了下眉，像是感覺到什麼似的忽然別過腦袋。

吳僅弦看狀況緊急，立刻伸手擁抱了白言，試圖用身上Alpha的費洛蒙氣味蓋掉白言的味道。

英國梨的香氣竄了上來，白言詫異地瞪大眼，隨後偷偷露出微笑。

他們交換著體溫，久久都沒說話，直到容花離開商場為止。

白言這才鬆了一口氣，慢慢和吳僅弦拉開一段距離，然後微笑著道謝。

「不用謝。」吳僅弦不自覺心跳加速，「是我帶你來看電影的，我當然要好好保護你。」

保護你……吳僅弦在心裡重複著這三個字，忽然覺得很甜蜜。

隨後吳僅弦像是要掩蓋尷尬似的，輕輕拉起白言，摸了摸對方的髮絲，「我們回去吧。」

於是他們搭上手扶梯，一點一點往樓下移動。

吳僅弦瞇起眼，看著白言被夕陽餘暉暈染的背影，突然很想上去抱抱白言，卻在最後一秒忍住了這股衝動。

♪

白言和吳僅弦又開始在學校久待，一開始是為了練唱，不過隨著期中考逼近，吳僅弦也開始抽出時間替白言複習功課。

雖然白言的文科表現不錯，英文還時常滿分，但他的理科悽慘無比，尤其是數學，總是班上的倒數幾名，是個標準的偏科生。

爲了能讓白言數理及格，吳僅弦簡直卯足了全力，有時還會逼白言放學後和自己一起去自習教室，幫他複習三角函數。

吳僅弦詳細說明了解題的步驟，接著把考卷遞回白言的面前，「現在你自己解一次看看。」

白言嘟起嘴。他不喜歡數學，討厭那些計算過程和繁複的數字，不過看在吳僅弦如此努力的分上，還是拿起筆，開始鑽研題目。

然而，十分鐘過去，吳僅弦轉頭時，卻看見白言已經趴在桌面上睡著了，還保持著手拿筆的樣子。

「你眞是……」吳僅弦忍不住嘆氣。這人明明文科就能穩定發揮，在音樂方面還很有才華，爲什麼一碰到數理就不行了？難道他只用右腦思考嗎？

最讓吳僅弦絕望的是，看見白言睡著的模樣，他居然還覺得滿可愛的，甚至不忍心吵醒對方。

他嘆了口氣，脫下運動服外套，蓋在白言的腦袋上，隨後就回頭開始解物理題目。他和白言擅長的科目完全相反，解這些題目基本上對他來說易如反掌，要說他真正解不開的，大概就是白言的腦迴路吧。

每當他覺得自己已經認識了對方，白言卻又會突然拋出一串難題，讓他不知所措……他甚至都還沒想好該怎麼回應白言的告白。

想到這裡，吳僅弦身旁的外套頓時動了兩下，他掀起外套的一角，朝裡頭的白言說道：「你醒了？」

白言衝著他一笑，縮在外套裡面對著他招手，「進來。」

「進去做什麼？不擠嗎？」雖然嘴上這麼說，吳僅弦還是乖乖鑽進外套中。在微微透光的外套底下，白言緊貼著他的臉，歪著腦袋，用剛睡醒的嗓音軟軟地說：「跟你說個祕密。」

「什麼祕密？」

「我喜歡你。」白言偷笑起來。

吳僅弦頓時臉頰發燙，白言身上的小蒼蘭香氣傳進他的鼻腔中，隨之而來的還有作業本上紙張特有的氣味。他有些慌亂，在狹小的兩人空間中，他的心跳聲大得嚇人。

又來了，白言總是這樣，突然拋出一道奇妙的題目，讓他措手不及。

吳僅弦不知道該回答什麼才是正確的。他望著白言烏黑的雙眸，眼神飄忽地說：「我知道，你說過了。」

「但我想再說一次。」

白言微笑著，寥寥幾字就再度將吳僅弦擊潰。他的腦海飄過無限種排列組合，就像是在解數學題目一樣，試圖拼湊不同的話語，找出一個最合適的回應，然而他沒有答案。

白言給他的從來都不是單選題，而是自由申論。

最後吳僅弦放棄思考，抓住白言的手，壓低聲音，「我也喜歡你，可是我不確定這是否只是費洛蒙的錯覺，畢竟你是優性Omega，你的費洛蒙太誘人了……」

「這代表你喜歡我的費洛蒙，這樣不好嗎？」白言打斷吳僅弦，眨了眨眼，「如果能單純用費洛蒙綁住你，我早就那麼做了啊，還需要等你跟我告白？」

這一瞬間吳僅弦傻了……確實如此，白言想要用費洛蒙誘惑Alpha簡直易如反掌，根本不用大費周章，然而對方願意等他想通。

吳僅弦聽見外套外面傳來其他同學書寫筆記本的沙沙聲，還有翻閱課本的摩擦聲，而這些聲音彷彿離他很遠。此刻，好像只有外套中的世界才是真實，有白言的世界才是眞實。

於是吳僅弦閉上言，屏住呼吸，緩緩湊了上去，吻上白言的唇。

貼上白言柔軟唇瓣的瞬間，時間彷彿靜止了，他輕輕摩娑白言的唇，隨後緩緩拉開彼此的距離。

白言眼帶笑意望著吳僅弦，用氣音說：「毫無技巧，還是我來吧。」語畢便靠了過來。

吳僅弦感覺到白言用舌頭撬開自己的唇瓣，小蒼蘭的費洛蒙衝上吳僅弦的腦門，讓他不知不覺伸出手，禁錮白言的腦門，讓本能帶著自己行動。

小蒼蘭的氣息、紙頁的摩娑聲、習題本上的三角函數……吳僅弦記得很清楚，那是他的初吻。

白言清澈的眼眸看著他，輕聲低語：「生物課的作業，要拍攝一組動物的照片，對嗎？」

「對。」吳僅弦點點腦袋，「你想拍什麼動物。」

吳僅弦以為白言會說出貓或是狗這種比較常見的動物，沒想到對方卻笑了下，給出一個他意料之外的答案。

「水母，所以陪我去一趟海生館吧。」

表面上是去海生館，但吳僅弦知道這代表什麼意思——白言主動邀他去約會了。

♪

到了相約當天，吳僅弦在水族館門前看見了白言，頓時渾身一震，白言穿著一件白色的立領襯衫，還有水藍色的牛仔褲——正是他們一起去挑的衣服。

吳僅弦走到白言面前，還沒打招呼，衝口就是一句：「很好看。」

白言不解地歪頭，「什麼很好看？」

「你……衣服很好看。」吳僅弦居然開始結巴。他也不是認爲白言穿校服的模樣不好看，只不過他總覺得自己挑的衣服最適合白言。

白言彎起嘴角，主動牽起吳僅弦的手，「我們進去吧。」

站在一個巨大的水缸前，白言抬起頭，藍色的水波在他的臉上映照出深淺不一的水紋，無數隻水母在他面前飄動，半透明的身子隨著燈光轉換色彩，美麗又朦朧。

白言把手放上面前的玻璃，冷冽的感覺在他掌心擴散，然後他拿出手機，朝水母拍了好幾張照片。

吳僅弦看著白言，忍不住問道：「爲什麼你想要來拍水母？」

白言指著水母，笑著說：「因爲我很喜歡他們飄動的模樣。」

上上下下，來來回回，就像是一首歌曲一樣，白言輕輕動了下指尖，感覺旋律從腦中浮現——自由又輕快的旋律，就像是他和吳僅弦待在一起的心情。

看著白言輕聲哼歌的模樣，吳僅弦笑著說：「白言，你這麼喜歡唱歌，有沒有想過以後要組一個樂團。」

「樂團？」白言搖搖頭，「我沒有心力弄那些東西。」

「我可以幫你啊。」吳僅弦自告奮勇，「我來當你的經紀人，一定可以幫你好好安排行程。」

「你在說什麼夢話？組樂團沒那麼簡單。」

「有個夢想不好嗎？」吳僅弦繼續說著：「說不定十年後你眞的成爲了樂團主唱，多好啊。」

「以後的事情誰知道呢？」白言微笑著，忽然湊了過來，貼近吳僅弦，「反正我現在有你就夠了。」

吳僅弦倒抽一口氣，腦袋有些發昏。

他並不能確定自己十年後會身在哪裡，也不能確定自己在做些什麼，但他清楚知道，他一定不會忘記白言，這輩子都不會。

吳僅弦輕輕彎下腰，和白言拉近距離，凝視著彼此，接著他們唇瓣相貼。小蒼蘭的費洛蒙氣味竄了上來，他很喜歡那香氣。

一吻結束，白言眨了眨眼，調皮地問：「怎麼突然主動吻我了？」

「白言。」吳僅弦和白言十指緊扣，「我好像愛上你了。」

「笨蛋，那種事我早就知道了。」白言笑眯了眼，眼底都是流動的波光，吳僅弦也輕輕笑了起來，頭抵著對方的額頭。他也會永遠記得，那是他第一次說「愛」。

離開海生館時已經準備入夜，吳僅弦提議回他家整理照片，順便準備生物課的報告。

白言一口答應，想著這下逮到機會去參觀吳僅弦的房間了。

吳僅弦的房間不大，除了桌面上放了比較多文具外，基本上沒有什麼裝飾，和他本人樸實的個性如出一轍。

「我房間只有一張椅子，所以你就坐在床上吧。」吳僅弦一進門就這麼說。

得到了吳僅弦的許可，白言歡呼一聲後立刻把自己狠狠甩在床上，整個人癱著滑手機，欣賞今天拍的各種照片。

他拍了不少照片，看著在水中悠游的各種生物，有種被療癒的感覺。此時他忽然想起，自己和吳僅弦忘記在海生館合照了……這可不行。

於是白言立刻坐起身子，拉著吳僅弦坐到自己身旁，然後拿起手機，「快，我們來合照一張。」

「有必要嗎？」吳僅弦有些疑惑。

「有！」白言很篤定，勾著吳僅弦的肩膀按下快門。

吳僅弦再度聞到了白言身上小蒼蘭的氣味，迷媚又勾人，讓他下意識湊過去，輕輕嗅了下白言的髮絲。

這個親暱的舉動讓白言笑了起來，他丟下手機，直接鑽進了吳僅弦的胸口，緊緊抱住對方。

吳僅弦先是愣了下，隨後也抱住白言。

親密無間的動作使吳僅弦感到一陣燥熱。他能感覺白言手指壓在他背部的力道，以及腦袋靠在他胸口的重量，而這一切居然讓他呼吸忽然有些紊亂——他的下體硬了。

吳僅弦頓時對自己感到不齒。他有些狼狽，試圖推開白言，卻看見對方抬起腦袋，露出一個狡黠的笑容。

「吳僅弦，你想跟我做嗎？」

「沒有。」吳僅弦的聲音中帶著倉皇。

「騙人，你的費洛蒙波動得太強烈了，我能感覺到。」白言嘴角勾起，「我們做吧，畢竟我也喜歡你。」

吳僅弦忽然很想搧自己巴掌，早知道就不要帶白言回來了，兩個人單獨待在房間裡眞的太危險了啊！

「算了，你還是先回家吧。」吳僅弦雙頰燥熱不已。

這個回答顯然讓白言很不滿意，他扯住吳僅弦的衣領，主動吻住吳僅弦。交疊的嘴唇上留下炙熱的觸感，濃烈的費洛蒙氣味在四周繚繞，吳僅弦的體溫節節升高。這是種很恐怖的感覺，就像是他已經控制不了自己了。

白言把吳僅弦推倒在床上，雙唇緩緩下移，最後趴到了吳僅弦的雙腿之間。吳僅弦的性器已經硬挺，白言粗暴地扯下吳僅弦的褲子，幾乎是沒有猶豫地將其含入口中，並用舌尖小心翼翼地舔舐著。

吳僅弦弓起腰部，發出呻吟，性器在白言的嘴中迅速脹大。

白言開始模仿抽插的動作，吞吐著吳僅弦的那處，伴隨著一系列的動作，吳僅弦的下體已經冒出液體。下一秒，吳僅弦發出了一聲悶哼，儘管白言立刻抽離，卻還是有不少白濁濺到臉上。

白言伸手抹去臉上的精液，把頭輕輕靠在吳僅弦的大腿上。高潮過後的吳僅弦呼吸有些急促，窗外的月光勾勒著他的五官，略顯迷茫的雙眼都是月光留下的光痕，很是好看。

吳僅弦的指間摸著白言烏黑的髮絲，聲音有些發顫，「白言，爲什麼你要這麼做啊？」

「因爲我也愛你。」白言瞇起眼，溫柔地說。

吳僅弦不知爲何忽然就想起了白言的母親，以及那天他防備又抗拒的眼神。如果他們之間的關係被對方知道，他們大概不會得到祝福，甚至可能還會面臨許多阻礙。

他心知肚明，卻還是放任自己陷入這份感情中。

吳僅弦送白言回家的時候已經將近深夜。

玩到這個時間才回家，容花肯定氣炸了，白言明白，然而他還是冒著風險，試圖爭取和吳僅弦相處的時間。

二人的交通工具依舊是那輛搖搖晃晃的老舊腳踏車，白言坐在後座，和吳僅閒聊著學校的瑣事。

吳僅弦忽然有些恍惚，他在想以後的事情，五年後，或是十年後，白言還會在他的身旁嗎？

他想到自己最近有個表哥結婚了，雙方都是Beta，朗讀結婚證詞時，表哥表示沒有費洛蒙也不要緊，愛可以超越性別。

吳僅弦好像懂那種感覺了——就算白言是位Alpha，他八成也會愛上對方。

最後吳僅弦把腳踏車停在熟悉的巷子口，白言跳下車，對吳僅弦揮了揮手，「明天見！」然後匆匆轉身跑去，昏黃的路燈燈光籠罩著他嬌小的身軀。

「明天見！」吳僅弦對著白言的背影喊著，頓了頓後又補了一句：「晚安，我愛你！」

聞言，白言的腳步停了來下。他轉過腦袋，訝異地看著吳僅弦，然後開心地笑了起來，在馬路的另一頭大喊著：「我也愛你！」

吳僅弦的心臟跳得飛快，他摸著胸口，想起了今天的吻、今天的擁抱、白言身上的氣味……他很確定，自己無法再如此喜歡一個人了。

♪

期中考試漸漸逼近，音樂課的考試也即將到來。

這陣子吳僅弦終於能把音唱準了，白言興奮地大力拍手，大聲宣告：「恭喜你，音準都對了。」說完就朝吳僅弦伸出雙手，顯然是想要討個擁抱。

吳僅弦沒有遲疑，同樣伸出手，把白言抱起來，在樹下轉了一圈，把地面上的落葉踩得沙沙作響。

不知不覺已經入秋，天氣漸漸轉涼，校園裡的落葉紛飛，吳僅弦緊緊抱著白言，在他的耳邊說：「謝謝白老師的用心教導。」

「別高興得太早，我們還沒正式和音。」白言從吳僅弦的胸膛中抬起腦袋，認真地說：「明天開始我會帶吉他到學校，你千萬不要被伴奏拉走啊。」

「知道了，我會努力。」吳僅弦摸了摸白言細軟的髮絲，露出溫柔的笑容。

「今天就先到這裡吧，我們回家。」白言主動牽起吳僅弦的手，眼底有流光閃動。

握緊白言的手，吳僅弦能聞到白言身上隱隱散發而出的小蒼蘭氣息，既濃烈又勾人。

一開始他只是覺得白言今天沒有控制好費洛蒙，導致身上的味道比平時強一些而已，讓他心癢，隨即他就察覺到了不對勁的地方。

他的身體開始發燙，呼吸變得紊亂，身體逐漸搖晃，一股原始的力量從他的身上湧出，費洛蒙開始在他周圍擴散，英國梨的氣息幾乎是不受控制地撲向白言。

白言立刻注意到了異樣，回過頭，便看見吳僅弦滿臉潮紅的模樣……尚未來得及做出反應，他就被對方壓倒在地面上。吳僅弦啃咬著他的頸子，眼中已經沒有了理智。

白言掙扎著，一邊試圖推開吳僅弦，一邊喊道：「吳僅弦，停下！你的易感期到了嗎？」

吳僅弦搖搖頭後，又點了點頭，看上去混亂不已。

白言猜得沒錯，身爲一個Alpha，吳僅弦的易感期到了。

正如同Omega擁有發情期一樣，Alpha也有段時期會特別渴求性愛，大部分的Alpha都會在此時吃抑制劑，減緩症狀。然而吳僅弦平時就一直在吃抑制劑，身體可能產生了一點抗藥性，再加上他剛分化，並不知道易感期究竟何時會來，所以才變成這個糟糕的局面。

吳僅弦無法再思考任何事情，混亂的腦子中只剩下最原始的獸性。他想要征服白言，想要在白言身上留下自己的記號……他想標記白言。

白言感受到自己的費洛蒙被吳僅弦的壓制了，本能的恐懼占據內心，同時又想起了噩夢般的那天——他被一群Alpha包圍著，逼迫著扯去衣物，害怕得無法動彈。

然後他看見了吳僅弦因爲易感期而痛苦的面容，壓著他的身子也在發抖，看上去難受無比。

白言愣住了，意識到這是吳僅弦的第一次易感期，對方其實也在害怕，心中的恐懼頓時逐漸退去。他漸漸放鬆身子，抱住吳僅弦的腦袋，撫摸著對方深棕色的髮絲，輕聲地說：「如果能讓你好受一點的話，就做吧，我讓你標記，沒關係。」

隨後白言主動解開自己胸前的衣物鈕釦，也不再壓制自己的費洛蒙，讓自己身上濃郁的香氣和吳僅弦的費洛蒙交融在一起。

有了Omega費洛蒙的安撫，吳僅弦看起來顯然不再如此痛苦，繃緊的身軀逐漸放鬆。

正當吳僅弦漸漸冷靜下來時，一個陌生男人的呼喊聲突然從他的腦袋上響起，隨之而來的是一記瞄準側腹的踢擊。

學校的警衛怒視著面前衣衫不整的白言，以及跪倒在一旁的吳僅弦，大聲地怒吼：「你們在做什麼！」

白言第一個反應是望向吳僅弦，想看看吳僅弦是否受了傷。

在對上視線的瞬間，白言呆住了。

吳僅弦的臉上布滿淚水，他緩緩抬起手，抱住自己發抖的身軀，一遍遍地說著：「對不起……對不起……對不起……」

他差點就對白言做出了不可挽回的事情。他和白言討厭的那些Alpha並無不同，甚至更糟。

阻止完吳僅弦的行爲後，學校警衛立刻聯繫了他們的班導師，同時也聯繫了雙方的家長。

吳僅弦不記得自己究竟說了多少遍「對不起」，不過那也不重要，因爲不管說多少遍都不夠。

在老師和家長們的注視下，吳僅弦低垂著腦袋，不斷重複道歉，不敢抬頭去看白言。他自己丟臉就算了，還把雙方家長都牽扯進來，更糟糕的是，他傷害了白言。

容花顯然並不想聽吳僅弦的道歉，簡單向班導師交代幾句之後，很快就拽著白言離開辦公室，準備開車回家。

一上車容花就開始發怒，「吳僅弦是Alpha！想不到啊，白言，你居然為了包庇同學，騙我他是Beta！」

「吳僅弦也不知道自己是Alpha，他最近才分化。」白言冷冷回答：「他也不是故意攻擊我的，他不知道自己易感期到了。」

「你還替他說話？知不知道你剛剛多危險！」

「很危險，所以我很慶幸待在他身邊的Omega是我，我寧可他攻擊的人是我，不是其他人。」

「白言，你瘋了！」容花回過頭，姣好的容貌扭曲了起來，「如果你被標記了怎麼辦？」

「那正好。」白言揚起腦袋，看上去幾乎可以說是挑釁，「被標記了，以後就不會有其他Alpha來騷擾我了。」

他已經受夠了身為優性Omega必須承受的一切。從小他就被教育不能太張揚，獨自一個人要小心，隨時可能有Alpha會被他吸引，進而襲擊他……彷彿他做錯了什麼。

容花越是壓制他，他骨子裡的叛逆反而越發強烈，到了青春期，容花更是已經快管不住他了。

這些容花其實都看在眼裡，然而他也是優性Omega，他太清楚身爲優性Omega要背負的一切。

對他來說，還在讀高中的白言就是個孩子，他想要盡可能保護對方，畢竟，無論是標記還是生子，都是由Omega來承擔。他只是不希望白言草率決定自己的對象，如果標記了，那就是一輩子的事情。

更何況若標記自己的Alpha離開了，Omega的發情期將會更加痛苦，甚至可能因此縮短壽命。

容花知道，因爲標記他的Alpha離開了，他不要白言擁有和他一樣的結局。

在昏暗的路燈下，容花將頭抵在方向盤上，深吸一口氣，又緩緩吐出，「回家吧，今天之後別去學校了，我幫你轉學，你也別再和吳僅弦聯絡了。」

「媽，你不准這樣！」白言喊了起來，眼底帶著惱怒。

容花覺得白言發怒的模樣很像他的伴侶，那個已經離開了的Alpha。

最終，容花沒再說什麼，只是靜靜踩下油門，轉動方向盤，在夜色中駛離。

白言從那天之後就沒再來學校了。

吳僅弦看著身旁空著的座位，感覺心也空了一塊。他好想念白言的笑容、歌聲……也好希望白言能夠回來，卻也明白自己沒有資格談這件事，畢竟他就是害白言離開的人。

埋葬吧，就把這段戀情從此埋葬吧。他忍不住想。

♪

放學後，吳僅弦踩著老舊的腳踏車踏板，準備回家。

沒了白言的後座很輕，輕得讓吳僅弦有些不習慣，另一方面又很重，堆滿了他的罪惡感……可是他依舊還想再見一次白言，遠遠的也好，偷偷的也好，一次就好。

隨後吳僅弦將腳踏車掉頭，悄悄前往白言家。他覺得自己一定是瘋了。

穿過熟悉的巷弄，吳僅弦最後將腳踏車停在那棟高級公寓前。他記得白言的鑰匙扣上掛著五樓的牌子，於是他抬起頭，靜靜望著五樓——除了亮著的燈光之外，什麼也看不見。

這不是是當然的嗎，他到底在期待些什麼呢？吳僅弦默默自嘲著，正想騎車離開，忽然看見一個人影跑到陽台，對著他瘋狂揮手。

吳僅弦一眼就認出來了，那人正是白言，他的心臟頓時開始失控地亂跳，呼吸也變得有些紊亂。

他遲疑了一下，隨後舉起手，也向白言揮了兩下，眼眶有些發酸。

幾秒後，白言離開了陽台，消失在他的視線中。

吳僅弦緩緩放下手，心中空洞的感覺更強烈了，也許這就是他們最後一次見面了吧……正當吳僅弦這麼想的時候，白言的身影忽然出現在公寓大門口，甚至逐漸朝他靠近。

只見白言穿著一套運動服，提著一包行李，背上還背著著一把吉他。

吳僅弦還來不及開口，白言就坐上他的腳踏車後座，接著拍拍他的背催促道：「走走走，在我媽發現之前快走！」

「走？去哪？」吳僅弦呆住了。

「去車站！」白言摟住吳僅弦的腰，「快點走吧，我們一起去更遠的地方看海。」

吳僅弦的腦子嗡嗡作響，這算是私奔嗎？如果是的話，他們將迎向什麼樣的結局？

吳僅弦不知道，白言出給他的題目，他永遠不知道答案。

儘管如此，他並沒有猶豫，立刻踩下踏板，讓車輪再度轉動起來。

吳僅弦和白言到車站買了兩張單程車票，準備前往一個靠海的城市。

他們上車時夜色已深，才剛坐下白言就把頭靠在吳僅弦的肩膀上，在顛簸的路途中安靜地熟睡了。

吳僅弦則是徹夜未眠，看著自己的手機，一條條跳出的訊息通知顯示著他的家人已經開始擔心了。

最後，他只能忍痛將手機關機。

當東方的天際漸漸露出魚肚白時，二人終於抵達目的地。

吳僅弦叫醒白言，兩人手牽著手，走下火車。

一下車他們就聽見的遠方浪潮規律的聲響，空氣中瀰漫著淡淡海水的鹹味。

吳僅弦和白言先找了一間旅館住下，儘管這裡是觀光勝地，不過由於是平日，旅館都尚有空房。

白言躺在整潔的白色雙人床上，看著天花板，「終於逃出來了，我被禁足在家好幾天，而且手機和電腦都被沒收，所以沒有辦法連絡你。」

說到這件事，吳僅弦不免有些心虛，走近床邊，俯視著白言，「我們這樣跑出來眞的好嗎？畢竟是我害你被禁足，你會不會因此後悔？」

話還沒說完，白言迅速吻了一下吳僅弦的嘴唇，輕聲地說：「我不後悔，如果要我重新選一次，我還是會做一樣的事情。」

空氣中瀰漫著小蒼蘭和英國梨的氣息，海風吹開窗簾，一絲海水的氣息隨風沁入。

白言瞇起眼，綻放出強烈的費洛蒙，挑逗地勾住吳僅弦的脖子，靠在對方的耳邊說：「做嗎？」

那就像是一句咒語，一下就讓吳僅弦失了神。

下一秒，吳僅弦便壓上白言的身體，用實際行動回答。

他們胡亂地褪去彼此的衣物，明明不在發情期，白言卻感覺自己被吳僅弦碰觸的每吋肌膚都燒灼起來。他仰起頭，讓吳僅弦在自己身上留下一個個深粉色的吻痕。

有點疼，白言卻不討厭這份粗暴，他用雙腿緊緊勾住吳僅弦的腰部，感覺吳僅弦硬挺的下體正摩擦著自己的小腹。

白言伸手撫弄吳僅弦的性器，同時柔聲地開口：「怎麼不進來？」

「我怕弄痛你。」吳僅弦的聲音帶著隱忍。

白言嘴角彎起，出力推開吳僅弦，翻身與吳僅弦調換了位置，同時靠在對方的耳畔說：「可是我想被你弄痛。」

隨後白言一邊扶著吳僅弦的陰莖，緩緩坐了下去，輕輕擺動腰桿，模樣無比撩人。

吳僅弦原先還在忍耐，此刻再也按捺不住，抓住白言的腰，開始迅速地進出，強烈的力道讓白言發出陣陣難耐的喘息……

當兩人達到高潮時，吳僅弦立刻退了出來。

白言皺著眉，摸了摸滴落在自己臀部的體液，語氣有些不滿，「爲什麼退出去了？」

「如果標記了怎麼辦？」

白言輕聲地說：「我就想被你標記啊。」

語畢，白言猛地鑽了下去，張口含住吳僅弦的那處。

吳僅弦簡直要瘋了，難道這就是優性Omega嗎？他不知道自己還能不能撐住啊！

在彷彿綿延無盡的性愛中，吳僅弦和白言耗盡了彼此的力氣，最後兩人在一床的狼藉中沉沉睡去。

吳僅弦醒來時已經入夜，白言就坐在床邊彈著吉他，同時輕輕哼唱著自創曲：「沒關係，沒關係，只要你在我身邊，那就沒關係。」

發現吳僅弦醒來，白言立刻停住了歌聲，「吵醒你了嗎？」

「沒事，你唱得很好聽。」吳僅弦撐起身子，傾身抱住白言，把頭掛在對方的肩膀上問：「幾點了？」

「晚上七點，你餓了嗎？」白言揉著吳僅弦棕色的髮絲，語氣非常溫柔。

「餓了。」

白言推了推吳僅弦的腦袋，「我們去吃飯吧，外面就是夜市。」

「好。」吳僅弦乖巧地點頭，把制服重新穿回身上。他是被白言臨時抓出來的，因此只帶了書包，他打算去夜市買幾套換洗衣物，也不知道他們會待多久。

拿了錢包，吳僅弦隨後牽起白言的手，前往附近的夜市。

雖然是平日，夜市裡的遊客並不少，吳僅弦在洶湧的人潮中緊緊抓著白言的手，生怕不小心就弄丟對方。

吳僅弦找了個廉價的攤販，買了幾件換洗的衣物，而白言則是因爲難得出來逛夜市而興致高昂。他不但買了滿手的食物，還跑去玩了打彈珠和套圈圈，換到兩個不貴的小熊吊飾。

白言將其中一個吊飾塞到吳僅弦手中，「送你，我們一人一個。」

吳僅弦看著做工粗糙的吊飾，居然有種這是定情信物的感覺。

然後他們越走越遠，逐漸遠離夜市，遠離人潮洶湧的喧囂，來到了海岸邊。

此時的海風帶著一絲冷意，吳僅弦握著白言的手緊了緊，「冷嗎？」

白言搖搖頭，嘴裡咬著方才買的章魚燒，忽然看見海面上竄出一束光芒——有人在放煙火。

吳僅弦和白言心照不宣地抬起腦袋，一朵朵的煙火在他們面前綻放，又轉瞬即逝。

握著白言的手，聽著海浪的聲音，吳僅弦不禁在心中祈禱著，希望時間可以永遠停留在這個瞬間。

看著一天比一天雜亂的房間，又看著自己一天比一天消瘦的荷包，吳僅弦很突然地想起學校教過的一個定理——熵增定律。

熵增定律是一切生命和非生命的演化規律，比如房子不收拾會變亂，電腦會越用越舊，熱水放久會變涼；自律總是比懶散痛苦，放棄總是比堅持輕鬆，變壞總是比變好容易。

然後再想起他已經好幾天沒去學校，好久沒有交作業，也好久沒見到學校其他同學。

這幾天他放縱著自己的生命，在一次次的性愛中度過歲月，就像是要把白言刻進骨頭中般，努力在對方的身上留下自己的氣息。

這種日子究竟會持續到什麼時候呢？他和白言的未來究竟又會落在哪裡呢？

吳僅弦有些恍惚地看著坐在窗邊的白言，對方穿著一件白色的圓領上衣，手中抱著吉他，輕輕哼唱著他的自創曲。

注意到吳僅弦的目光，白言抬起視線，微微一笑，清晨明亮的光芒穿透他的髮絲。

「真可惜。」白言放下吉他，「本來說好要在期中考一起唱這首歌，現在已經沒辦法了。」

「是啊。」吳僅弦輕聲回應。期中考轉眼就要到了，要是平時這個時候，他八成還在學校上課吧。

白言勾起嘴角，走到他身旁，伸出手，「陪我出去走走吧。」

吳僅弦想也沒想就握上那隻手。

白言拉著吳僅弦一步步走過商店街，他們已經在這裡住了一個禮拜，對此地再熟悉不過了。

最後白言穿著拖鞋直接踩上了沙灘，而後拉著吳僅弦往海邊跑，海水拍打上來，浸濕了他們的褲管，海風的氣息與海鷗翱翔的影子，伴隨著風的熱度朝他們撲來。

白言突然轉身抱住吳僅弦，語氣溫柔地輕聲說道：「我們回去吧，你還要考期中考呢。」

吳僅弦那個瞬間幾乎要哭了出來。

他明白，在其他人眼中，他們就是兩個不知天高地厚的小鬼，根本不可能永遠逃離學校、家庭，放棄前途在外自力更生。

他們終究是要回家的，所以吳僅弦最後還是沒有標記白言，他知道自己還承受不起標記白言的後果。

就算只有一週也好，吳僅弦就是想要延續這個美夢，延續他和白言在一起的時間。

房子不收拾會變亂，電腦會越用越舊，放棄總是比堅持輕鬆，變壞總是比變好容易……世間萬物遵循的規律，白言卻打破了，他們沒有愛久了就不愛了。

吳僅弦猛地抱起了白言，將他背在身上，開始在沙灘上奔跑起來。

他又想起了另一個物理定律——時間膨脹效應，速度越快，時間越慢。

彷彿他只要跑得夠快，時間就追不上他。

白言環著吳僅弦的頸子，笑了起來，「吳僅弦，我喜歡這裡，如果有機會，我還想跟你在這裡相遇。」

「我也是。」吳僅弦感覺一股情緒衝上胸口，淚水模糊了視線。

「吳僅弦，我會很想念你。」

「我知道。」吳僅弦哽咽地回答。

長長的沙灘上，吳僅弦用盡全力奔跑，多麼希望時間追不上他。

然而現實與時間終究追上了他們。

吳僅弦和白言手牽著手，在深秋中買了兩張回家的單程車票。

車窗外風景快速掠過，吳僅弦著迷地看著白言的側臉，碧藍的海水倒映在白言的眼底，很是好看。

白言轉過腦袋，衝著吳僅弦問道：「你後悔了嗎？」

吳僅弦搖搖頭，「不後悔，死也不後悔。」

「那就好。」白言微笑著，也許這就是自己和吳僅弦之間的終點了。不過至少吳僅弦會記得他，這輩子都記得他，就算以後標記了其他的Omega，也絕對不會忘了他。

火車即將到站時，吳僅弦久違地打開手機，打了通電話回家，向父母道歉。列車停下的瞬間，白言就看見了在車站內張望的吳僅弦雙親，還有臉黑成一片的容花。

白言輕巧地跳下車，走出月台，隨後馬上被容花拉扯著出了車站，甚至都還來不及和吳僅弦說聲再見。

吳僅弦見狀立刻追了過去，對著白言聲嘶力竭地大喊：「白言，我喜歡你！我們要再一起去看海！」

他依然喜歡著他。他們會分離，並不是因爲不愛了，他還想在靠海的城市與他相遇。

吳僅弦希望白言能明白他沒說出口的心意。

白言回過頭，衝他一笑，那抹笑容從此定格在吳僅弦的腦海中，從未離去，而那也是他高中時最後一次見到白言。

♪

離開車站，容花立刻帶白言去做了檢查，確認他是否被標記、懷孕。

看著檢查結果，鬆了口氣的容花不斷向醫生道謝。

帶著白言走出診療室後，容花一邊往醫院外走，一邊罵道：「白言，你到底在想什麼？居然給我搞私奔！要是懷孕或是被標記了怎麼辦？不好好讀書，一天到晚搞這個？」

走在他身後的白言發出一聲悶哼，容花以爲兒子的叛逆又犯了，正想回頭瞪他一眼，然而一回頭就愣住了。

白言站在醫院長長走廊上，手中拿著檢驗報告，淚流滿面。

「他不願意標記我。」白言抽泣著，抓皺了手中的檢驗報告，「爲什麼他不願意標記我？」

容花嘆了口氣，走到白言面前，「你還年輕，不要那麼早就想著要被標記，這是人生大事，不能隨便決定。」

「我沒有隨便……」

容花不禁嘆了口氣，把白言稍亂的髮絲撥到一側，「不要說這麼不負責任的話，如果標記成功，而且你還懷孕了呢？你要吳僅弦怎麼辦？你這是打算把吳僅弦拖下水嗎？你不覺得這樣很自私嗎？」

白言靜靜地望著容花，沒再說什麼，只是慢慢收住了眼淚，眼神也逐漸變得麻木。他擦了擦臉上的淚水，語氣出奇冷漠，「我知道了，對不起。」

他忽然意識到，母親說得沒錯，是他害了吳僅弦，要不是遇見了他，吳僅弦也不會做出這麼多傻事。

他們之間的關係確實該在這裡結束了。

白言深吸了一口氣，把檢驗報告折成一個小小的方形，塞進口袋的角落。

容花看著靜下來的白言，心底也有些難受，試圖緩解氣氛，「我不是討厭吳僅弦，只是……」

「沒關係，我知道你的意思，我不會再和他聯絡了。」白言垂下頭，從容花身旁走過。

容花突然感覺白言離他很遙遠，他也很希望白言能夠找到一個值得託付終生的伴侶，只是不是現在，他年紀還太小了。

白言從那天之後就彷彿闔上了心門。他聽話地轉學，像是沒事一樣上下學、彈吉他。

然而，容花清楚白言不是眞的沒事，而是在心底的某個角落默默埋葬了自己的天眞。

面對這樣的白言，容花其實也不曉得該怎麼辦。

白言最後順利地高中畢業，選擇前往一個靠海的城市上大學，甚至放棄報考音樂系，去讀了普通的文科

這次容花並沒有阻止他，也知道自己已經無力阻止白言的離開。

送白言去上大學的那天，容花站在車站旁，看見火車緩緩進站，忍不住叮囑：「到學校之後，記得向我報平安。」

「好。」

「不要玩得太瘋，作息儘量正常，不要吃太多垃圾食物，還有……」容花停了下來，過了半晌後才開口：「如果有遇到合適的對象，談一場戀愛也沒關係。」

那瞬間容花看見一陣疼痛滑過白言的眼底。

白言搖搖頭，沒有回答，只是安靜地提起行李，回頭向容花道別。

第二部　樂團的夏天

二〇一七年

白言猛地從床上彈了起來，一起身就感受到腦子嗡嗡作響，異常地疼。

他扶著發脹的腦袋，發現自己正躺在一張雪白的床上，身上還蓋著一條厚厚的棉被，空氣中飄散著一股沉香的氣息，是優性Alpha的費洛蒙氣味。

見白言醒來，葉宥心走了過來，遞出一瓶水，無可奈何地說：「喝吧。」

「謝謝。」白言揉著太陽穴，看著面前的學弟，「爲什麼我在你房間裡？」

「你還好意思問？」葉宥心沒好氣地說：「你昨晚在我房間喝多了，一邊到處亂跑一邊耍酒瘋，最後直接累到躺在我的床上睡著，你忘了？」

白言瞇起眼，努力轉動混沌的腦袋，記憶一點一點地浮現……沒錯，他因爲忘記男友的生日，還跑出去玩，所以對方氣到和他分手了。他因此提著一手啤酒，跑到要好的學弟家裡借宿，順便抱怨了一下前男友。

「哦，好像是有這麼回事。」白言扭開瓶蓋，仰頭將水喝下，隨後又說：「你有吃的嗎？我餓了。」

「你當我家是自助吧還是餐廳嗎？」葉宥心大聲抱怨著，不過還是從零食櫃中拿出一包洋芋片，扔到白言面前，「別在床上吃。」

「謝啦。」白言迅速打開包裝，將一片片薯片塞進口中。

「就說別在床上吃了！」葉宥心氣得踢了一腳自己的床，頭疼地說：「你也眞是的，這都是你第幾次被男友趕出來了？我都不知道你男友換了幾個！」

「沒關係，我也不記得。」白言嚼著洋芋片，含糊地回答。

高中時他被壓抑久了，導致他大學後變得十分叛逆，染了頭髮、打了耳洞……也因爲他是位擁有極爲出眾外貌的優性Omega，身邊從來不缺追求者，感情生活也頗爲精彩。

然而白言和其他Omega不同的是，他厭惡Alpha的費洛蒙，所以床伴全部都是Beta。Beta的身上沒有費洛蒙的味道，乾淨得讓他心安。

聽見白言的回答，葉宥心無奈地仰天長嘆，當初他怎麼會找這個麻煩人物組樂團呢！

幾個月前，身爲大學新鮮人的葉宥心加入了熱音社。他剛走進社團教室就注意到有個人獨自待在角落唱著歌。

葉宥心瞬間就被對方柔軟溫暖的嗓音吸引，那人唱歌時身上彷彿籠罩著一層淡淡的柔光，看上去像是一場美好的夢境。

專長是爵士鼓的葉宥心立刻向其他人打聽這個人，得知對方叫作白言，且是他們的學長之後，便邀請他以吉他手兼主唱的身分與自己組團，接著又找了一位名叫陳晨的鍵盤手，正式成立三人樂團。

從此之後，他們開始流連於酒吧駐唱，打起了零工。

當時他怎麼也沒想到，擁有溫柔歌聲的白言居然會是這種亂來的個性。

葉宥心無奈地看著坐在床上的白言，「學長，你也注意一下，我好歹也是個優性Alpha，你老是跑來過夜，是真的很信任我啊？就不怕出什麼事？」

身爲一個優性Alpha，葉宥心很早就注意到白言身上散發的費洛蒙，是濃烈的、勾人魂魄的小蒼蘭氣息，也是屬於優性Omega的氣味。只要稍有不愼，他覺得自己就會被那氣味迷惑。

白言歪著腦袋，用一雙烏黑的眼眸看著葉宥心，「不會出什麼事吧？你對我又沒意思。」

葉宥心向白言傾身過去，突然拉近了兩人之間的距離，放出費洛蒙，幾乎可說是語帶威脅，「確定我對你沒意思？」

白言沒有回答，只是皺起好看的細眉，往後縮了一下，「離我遠點，我討厭Alpha的費洛蒙。」

葉宥心如洩氣般嘆了口氣，他是眞的搞不懂白言。身爲一位優性Alpha，葉宥心只聽過其他Omega誇他的費洛蒙優秀，從沒見過像白言這樣的Omega，不喜歡就算了，還一臉嫌棄。

見白言眞心厭惡的樣子，葉宥心暫時收起費洛蒙，轉而又踢了一下無辜的床，「快起來吧，我們要去團練了，晚上還有演出。」

白言背著吉他，站在十字路口，看著面前的號誌燈由紅轉綠，然後邁開步伐，穿越人潮洶湧的路口。走到一半時，一股熟悉的氣息忽然從身旁飄過，讓他慢下腳步——是英國梨的氣味。

踩上人行道後，白言猛地回頭，卻只看見了散去的陌生人群。

他抓了抓自己的髮絲，露出一抹苦笑，八成是哪個用了英國梨香水的Beta吧……

即使已經過去數年，白言還是沒有忘記那個氣味，就如同那些吳僅弦替他挑的衣服，他一件也捨不得丟。

白言覺得自己很傻，上大學後喜歡上了喝酒，喜歡帶Beta回家，卻沒再愛上過誰，而且每個他帶回來的Beta都有些神似吳僅弦。

他知道這樣不好，卻也無力改變，因爲他內心深處知道，有一部分的自己停留在了那年高中的夏季。

白言站在酒吧中，唱出最後一個高亢的音符，隨後在吉他上用力刷下和弦。刺眼的燈光打在他的臉上，白言瞇起了眼。

台下的人們躁動著，有人歡呼，有人鼓掌，白言簡單向台下一鞠躬，便匆匆轉身走進後台。

葉宥心立刻跟了上來，拉住白言，「有人在喊安可，要不要返場？」

「不要，累了，下次再說吧。」白言搖搖頭，取下掛在自己身上的吉他，「我嗓子今天狀況不太好，唱到現在已經是極限了。」

「還不是因爲你昨晚喝太多了。」葉宥心抱怨道。

在葉宥心和白言交談的途中，陳晨看了一眼手錶，抬起手說：「我先走了，快十一點了，睡覺時間到了。」

聞言，葉宥心只能乾笑著和陳晨道別。

他們樂團裡這位鍵盤手也很有個性，明明留著一頭紅色長髮，長得一副搖滾樂愛好者的模樣，結果是個早睡早起的乖孩子，生活自律得不像話，說話的語調幾乎沒有起伏，平靜無波到像是沒感情的ＡＩ。

葉宥心不禁疑惑，爲什麼他找到的成員都是怪人！

白言將吉他裝回袋子中，隨後將其背起，「演出完了，要去喝一杯放鬆一下嗎？」

「還喝啊？你昨天喝得不夠多嗎？」葉宥心語氣中盡是無奈。

白言一邊走出後台，一邊堅定地說：「沒關係，今天我一定不會醉……」

話說到一半，他忽然停下了腳步。酒吧中充斥著各種費洛蒙的味道，花香調、木質調……在無數氣息混雜著酒精的氣味中，他嗅到一個令他熟悉無比的氣息——如春雨般清新的英國梨香氣，一個占據他整個青春的氣味。

白言傻傻地抬起腦袋，視線正好和面前的男子對上。

對方衝著他一笑，笑容乾淨、眼角微彎，還有他熟悉的費洛蒙……

「吳僅弦？」白言脫口而出這個既熟悉又陌生的名字，那個曾經讓他魂牽夢縈的、以爲再也見不到的人，現在居然就站在他面前，對他笑著。

吳僅弦長高了一些，肩膀寬闊了一點，身子也更加挺拔，唯一不變的是他身上的氣質依然乾淨，費洛蒙的氣味讓白言回想起他們的從前。

白言愣在原地，時光彷彿倒流了，回到他們高中的純眞年代，那時他們穿著同樣的制服，在彼此身上留下對方費洛蒙的氣味。

他從沒想到，他們眞的會在靠海的城市重逢。

吳僅弦瞇起深棕色的眼眸，向白言笑道：「好久不見。」

然而，比起喜悅，白言感受到更多的居然是恐懼。

五年了，他們已經五年沒見了，白言已經不是原本天眞爛漫的高中生。他過著放縱的生活，男友一個換一個，儘管沒有一個眞正讓他放在心上的人……他不怎麼想讓吳僅弦看見現在的自己。

跟在白言身後走出來的葉宥心注意到兩人之間詭異的眼神，頓了頓，隨後好奇地問：「學長，這是你的粉絲嗎？」

「豈止是粉絲……」

「是同學。」白言打斷吳僅弦的話，語氣甚至有些狼狽，「高中同學。」

「哦，謝謝你特別來看我們演出。」葉宥心不疑有他，眼睛一亮，指著吧台熱情地說：「難得來一趟，如果可以的話，我們一起喝一杯吧。」

吳僅弦立刻回答：「沒問題，當然好。」

白言頭疼了起來。他想逃，卻又想不出藉口，最後只能硬著頭皮跟上去。

葉宥心顯然對白言的高中生活很感興趣。他靠在吧台邊，酒都都還沒點就興奮地向吳僅弦提問：「你和白言學長高中熟嗎？」

「當然，當時他就坐在我隔壁。」吳僅弦露出懷念的神情。

葉宥心繼續追問：「白言學長高中是什麼樣子啊？」

吳僅弦看了白言一眼，勾起嘴角，「他高中的時候啊……興趣很特別，喜歡跳火圈，偶爾還會在學校表演胸口碎大石……」

白言剛喝下一口酒，立刻被嗆得猛咳起來，怒目望著吳僅弦，「別隨便造謠！」

葉宥心則是失望嘆氣，「什麼嘛，居然是假的，我還以爲樂團的成果發表會上可以表演新節目了。」

白言頓時無言。

正當白言想找個機會開溜時，葉宥心的手機震動了兩下，葉宥心拿起手機一看，發出一聲驚呼。

「糟糕！我忘了今天晚上有個小組會議，你們聊，我先回去寫報告了！」葉宥心轉眼就跑出了酒吧。

白言覺得糟透了。他錯過了最佳的離開時機，現在只能和吳僅弦獨處。

相較於白言的坐立難安，吳僅弦看上去則是氣定神閒。他靠向白言，緊盯著對方的眼眸，「剛剛那個Alpha是誰？」

「是我學弟，也是我的樂團成員。」白言慌張地解釋。明明沒什麼，他卻不知道自己爲何要如此慌亂。

「你身上都是他費洛蒙的氣味。」吳僅弦皺著眉，顯然不喜歡那個味道。

白言緊張地低頭喝一口酒，壓了壓自己的情緒，故作輕鬆地問：「你怎麼來這裡？」

「當然是來找你。」吳僅弦握緊了剛送來的雞尾酒，不滿地問：「這幾年來，你爲什麼都不聯絡我？也不回覆我的訊息，害我找了好久，一直到最近我才用你的名字找到樂團，也才知道了你讀的學校，找到你的演出行程，不然我可能再也見不到你了。」

白言心虛地垂下腦袋，晃了晃自己染成亞麻色的髮絲，有些狼狽地說：「我只是……覺得我們還是別聯絡比較好。」

他也想回到那個盛夏，蟬鳴喧鬧地湧入教室中，當時他和吳僅弦都純粹無比，以為戀愛可以抵抗世界，可以為了彼此陷入瘋狂。

但他們終究要長大，面對長大的現實，白言當初選擇了放棄。

吳僅弦搖搖頭，篤定地說：「可是我不想和你分開，自從離開你之後，我就沒有喜歡上過其他人，所以我決定回來找你。」

「找我做什麼？都過去了。」

「我們還可以重新開始。」吳僅弦搖了搖手中的雞尾酒杯，「我願意再追你一次。」

再追一次？白言傻傻地睜大了眼。

吳僅弦回答得倒是輕巧，當年他可是花了好大的功夫埋葬自己的戀情，如今卻說要重來，這人瘋了吧？

白言嘆了口氣，輕聲地說：「吳僅弦，你冷靜點，你喜歡的是高中那時候的我，不是現在的我，你已經不了解我了。」這是他的真心話。

吳僅弦對他的瞭解還停留在高中，停留在他純粹的模樣，現在的他已經變了很多。

「那就讓我了解你。」吳僅弦回答得很篤定。

「別說傻話。」

「我知道不簡單，但我已經決定了。」吳僅弦看著白言的雙眼，認眞地說：「我考了轉學考了，現在和你是同所學校的學生，以後請多指教。」

白言瞪大了眼：「你瘋了嗎？因爲這種事情轉學？」

「瘋了。」吳僅弦靠向白言的耳邊，低聲地說：「都是你害的，所以你倒是對我負責啊。」

白言的耳根發燙，他想是因爲酒精的關係，英國梨清新的氣息同時竄進他的鼻腔，一如當年他們純眞的味道。

酒吧中的燈光五光十色，地面上倒映著人群躁動的影子，酒精和菸灰的氣味滲入每個角落。

白言坐在吳僅弦的對面，手中抓著啤酒猛灌了兩口，然後看著前方一個身材火辣的女性Alpha不經意地說：「好漂亮的Alpha。」

吳僅弦笑了笑，指著自己，「漂亮的Alpha這邊也有，你要不要看看我？從剛剛開始，你就一直在逃避我的視線。」

雖然吳僅弦臉上還是帶著笑，但他的費洛蒙突然變得很有侵略性，顯然是被刺激到了。

白言心虛地掃了一眼吳僅弦，「我看看而已，你沒必要這樣吧。」

「有必要，因爲我會吃醋。畢竟我回來就是爲了追你。」

吳僅弦從來沒有放棄過白言。當年白言轉學離開後，他就透過各種方式試圖聯繫對方，卻都沒有得到回應。

這讓他心慌不已，甚至開始睡不好，每到夜深人靜時，總會想起白言，反覆回去看他們以前的聊天紀錄。

每個人都叫吳僅弦放棄，這世界那麼多Omega，何必單戀一枝花？

但吳僅弦就是停不下來。

在這期間，也不是沒有其他Omega向吳僅弦告白，只是他都拒絕了，畢竟他還有忘不了的人。他還是想見白言，如果白言已經被標記了，那他就遠遠看一眼，反之，他就再追白言一次。

或許是皇天不負苦心人，吳僅弦還眞的查到了白言上的大學，還查到他的樂團演出公告——白言上的大學位在靠海的城市。

吳僅弦查到這個資訊時渾身一震，想起他們曾經約定要在靠海的城市相遇。

吳僅弦覺得這是他最後的機會了。所以他立刻申請了轉學考，拚命讀書。

如此直球的說法讓白言不禁嗆了一下，「我沒答應給你追，我都忘掉你了！」

「騙子。」吳僅弦指著白言身上的衣服，「牛仔褲和日系立領白上衣，這是我當年幫你挑的衣服吧？到現在你都還穿著，還敢說忘掉我了？」

白言一時語塞，又多喝了半瓶酒，過了半晌才艱難地說：「我只是覺得很好看。」

不可否認，他現在心亂如麻。他又想起五年前的那天，吳僅弦開心地牽著他的手，走過繁華的街道，說著他很適合白襯衫。

爲了掩飾慌亂，他又叫了兩瓶酒來喝。

或許是喝得太急的緣故，白言醉得很快，沒多久就趴在桌上。

吳僅弦看著白言，嘴角勾起一抹淺笑，淡淡說了一句：「我送你回去吧。」

隨後一個用力，把白言扛在肩膀上。

恍惚中，白言迷茫地喃喃道：「吳僅弦，你知道自己的行爲很蠢，對嗎？」

「我知道。」

「我都快忘記你了，爲什麼你又要出現，把我的生活弄得一團亂？」

「因爲我在乎你。」吳僅弦平靜地回應，「比任何人都要在乎。」

「那就請你不要再離開我。」白言渾渾噩噩地說：「我會承受不了。」

「好。」吳僅弦點了點頭，同時好像知道白言爲什麼要喝酒了，大概是想壯膽，這些話清醒時絕對說不出口。

聽見吳僅弦的回答後，白言眨了眨眼，沒有再開口。

吳僅弦依照指示來到了白言目前的租屋處，拖著白言的身子，氣喘吁吁地把他扛上五樓——這是間老舊的公寓，沒有電梯。

白言還在掙扎，「送我到這裡就行了。」

「最好是，你現在連站都站不穩。」吳僅弦咬著牙，向白言伸出手，「鑰匙給我。」

白言不再嘴硬，從口袋中取出鑰匙。

這是吳僅弦第一次參觀白言的住處，房子不大，住一個人都稍嫌狹窄，只有簡簡單單的一個臥室，還有一間廁所，東西都整理得很整齊。

吳僅弦把白言丟在床上，白言掙扎地道了謝，然後就翻過身子睡去，一動也不動了。

隨後吳僅弦在狹小的房間內轉了一圈，看見了一堆還沒洗的衣服，於是決定好人做到底。他把白言的衣服分類，丟進了公寓附設的老舊洗衣機中。

洗衣機發出嘈雜的聲響，很不甘願似的來回轉動，一個小時後準時停下。

吳僅弦又趁著夜色正濃，在晚風中把衣服晾上陽台，忙完後才回到房間，累得癱在了白言的身旁。

空氣有點悶，老舊的公寓中甚至沒有冷氣，整個房間中只有一台電風扇在搖頭晃腦地來回送風。

幾滴汗水凝結在白言的額頭上，他緊閉著眼，看上去十分疲憊。

吳僅弦近距離地看著白言的面容，然後伸手撥開因爲汗水而黏在對方額頭上的瀏海。

最後他決定今天就先睡在白言的身旁，雖然床很小，不過稍微擠一擠還行。

他關上了燈，緊貼著白言的身體入睡，同一時間小蒼蘭的氣息竄了上來，帶著一種說不出的親密。

白言的身體上殘留著夜店的菸味，還有酒精的味道，吳僅弦不喜歡那些刺鼻的氣味，如果是其他人，他一定堅決不睡在對方身邊。但是當這些味道沾染在白言的身上時，似乎就沒有那麼讓人難以接受。

隔天吳僅弦醒來時，已經將近中午。

本來正在打遊戲的白言立刻丟下手機，走到床邊蹲下，有些尷尬地說：「吳僅弦，昨天謝謝你帶我回來。」

「不用謝。」吳僅弦伸了個懶腰，這才注意到白言已經換上了昨天曬的其中一件白襯衫和牛仔褲。

不過因爲天氣悶熱，白言流了些汗，襯衫微微透出底下的膚色，吳僅弦不自覺屏住呼吸。他的腦袋裡好像有個開關被打開了，但他努力不多想。

注意到吳僅弦的視線，白言扯了下自己的衣領，「你眞的很會挑衣服，所以當年的衣服我都沒丟。」

「很好看。」吳僅弦說完又抬起手，順勢把白言的瀏海撥到一側，一切都像是呼吸一樣自然。

白言的身子一僵，簡簡單單的一句「很好看」，居然就讓他的心跳加速。全世界也只有吳僅弦可以這樣對他……再這樣下去不行，白言趕緊狼狽地撇過頭，「你今天應該有課吧？快點收拾一下，準備去上課了。」

吳僅弦爬了起來，「可以借我用一下浴室嗎？我沖個澡，馬上就走。」

「可以。」

「衣服也借我一套吧。」吳僅弦繼續厚臉皮地說。

白言想不出拒絕的理由，於是匆匆跑到衣櫃前，隨便抓了一套衣服和內褲，再加上一條浴巾，遞到吳僅弦的面前，「之後記得還我。」

「沒問題。」吳僅弦露出得逞的笑容，大步走進浴室中。

白言的衣物上帶著小蒼蘭的氣息，和他身上的費洛蒙是同個味道，吳僅弦摀住了臉，抱著白言到衣物，蹲在老舊的地板上，體溫節節升高。

眞糟糕，他以爲自己這些年來變得沉穩了，已經可以用平常心面對白言。然而，他錯了，就如同當年一樣，他的心跳依舊再次因對方而失控。

♪

「學長……學長！」

葉宥心的呼喚猛地打斷了白言的思緒，白言回過神來，語氣有些慌張，「怎麼了？」

「我才想問你怎麼了？你根本沒跟上拍子，團練麻煩認眞一點！」葉宥心轉著鼓棒，語氣蒙上了些許的煩躁，除了因爲白言心不在焉之外，另外一個原因是白言身上的費洛蒙氣味。

因爲白言討厭Alpha的費洛蒙，所以他通常不會和其他Alpha走得太近，這是葉宥心第一次從白言身上聞到了其他Alpha的味道——淡淡的、清爽的，英國梨的氣味。

八成是昨天來酒吧的那位Alpha留下的味道，他們到底待到多晚？又聊了些什麼？

明明不干他的事情，葉宥心卻難以克制心生焦躁。他昨甚至晚輾轉反側，不斷揣測白言到底和那位Alpha過去發生了什麼事情，他們的關係顯然並不是同班同學那麼簡單！

白言望著面前的譜，心虛地說：「抱歉，我走神了，我們再來一遍。」

然而因爲葉宥心的焦燥，再加上白言的不專心，樂團的曲子聽上去格外鬆散凌亂。最後是陳晨率先停了下來，用平靜的語氣說：「先休息一下吧，十二點了，我要吃午飯。」

陳晨說完就起身走了出去，彷彿對身後的兩人視而不見。不管發生什麼事情，似乎都無法阻止陳晨按照自己的規律生活。

團練室中留下葉宥心和白言兩人，氣氛瞬間就降到了冰點，緊張的氣氛彷彿隨時可能碎裂。

最後葉宥心率先放下鼓棒，對白言說：「學長，你這麼不專心，是因爲昨天那個Alpha嗎？」

白言知道自己瞞不住，嘆了一口氣，點點頭緩緩承認。

「你們當初應該不是一般同學而已吧？」

「他……是我的初戀。」

聽見白言的回答，葉宥心裡很不是滋味，一股酸澀油然而生。

自從組了樂團之後，葉宥心幾乎每天都會見到白言，也和對方有更多的交流。可是對於白言的過去，他一無所知。

於是葉宥心撐著腦袋，看著白言問道：「學長高中居然喜歡那樣的人啊？和你現在的交往對象差好多。」

白言笑了起來，抓了抓頭髮，「別看我現在這樣，高中的時候我可是個乖孩子，只是因爲家裡管太嚴，才導致我上大學之後放飛自我。想不到吧？」

「簡直難以想像。」葉宥心被勾起興趣，繼續追問：「所以你初戀來這裡做什麼？該不會是求復合吧？」

白言沒有回答，不過紅透的雙頰出賣了他。

老實說，他們昨晚沒發生什麼事，他的心臟卻不由自主地亂跳。

因爲喝了酒，最後吳僅弦和白言一起坐計程車回家。待在車上時他們都沒有說話，寂靜的空氣卻彷彿被情緒填滿，計程車的車窗開了一個小縫，縫隙中滲入海水的氣息。

白言還記得，他們當初約好要在靠海的城市重逢……原來吳僅弦也還記得。

看見白言動搖的表情，這讓葉宥心心底充滿了挫敗感，他從沒見白言這麼在乎過一個人。他難受地問：「他叫什麼名字？」

「吳僅弦。」白言摀著通紅的臉，又重複了一遍，「他叫吳僅弦。」

白言的話剛說完，被他呼喚名字的人就突然出現在團練室中。

「剛剛有人喊我的名字嗎？」

「你、你怎麼出現在這裡！」白言抬起臉，驚訝得聲音都高了八度。

吳僅弦聳聳肩，「我昨天加入了熱音社，所以就來玩音樂了。」

「騙誰啊，你明明是個音痴！」白言慘叫了起來。

「就算是音痴，在熱音社應該也有其他可以做的事情吧？」

「沒有。你一個音痴過來可以做什麼？」白言崩潰地質問。

打從高中和吳僅弦一起上過音樂課後，白言就徹底明白吳僅弦的音樂實力有多差，連譜都不會看。當初還是他一個音一個音的教吳僅弦，否則吳僅弦根本練不起來。

沒有理會白言的崩潰，吳僅弦只是簡單看了一眼貼在團練室布告欄上，用白板筆密密麻麻寫了一堆雜亂行程的表格。

吳僅弦挑眉，走到了白板邊，「這是你們的演出行程規畫？怎麼亂成這樣？」

「哪有亂？」白言走到吳僅弦身邊，指著行程表，「不是都排得好好的嗎？」

「哪裡排得好好的？你看，這個演出和這個團練撞期了，這個團練的時間又卡得很奇怪，你們會來不及上課吧？」吳僅弦邊說邊拿起板擦，把上面的演出時間全擦了。

白言立刻急了，「等等，你做什麼？」

「你們應該要這樣，晚上的時間先排演出，然後把團練的時間放在這邊和這邊。」吳僅弦拿起白板筆，把行程重新寫上。

重新排完行程表，吳僅弦忍不住再度開口：「你們行程排得這麼亂，連演出幾場都不知道，經費收支紀錄到底怎麼做出來的？」

「那個……」白言眼神心虛地飄移，「我們沒有經費收支紀錄。」

「什麼？你們這樣不行啊，要是被欠款了都不知道吧！」吳僅弦扶著額頭，

「我來幫你們做行程規畫和經費紀錄，這就是我進熱音社的目的，我來當你們的經紀人。」

白言不太願意，然而想到吳僅弦方才的那些提問，便沒理由拒絕。

葉宥心也不太願意，但是想到終於能有人幫他們看帳，也鬆了口氣。

發現沒有人反對他的提議，吳僅弦揚起笑容，這次是他的勝利。

「你們晚點把團員的課表發給我吧，這樣我方便幫你們規畫。」吳僅弦胸有成竹地說。這樣他還可以順便得知白言的行程，簡直一舉數得。

當天下午，吳僅弦在上課時按壓著手中的原子筆，忽然想起一件事。

白言的身上總帶著葉宥心優性Alpha的費洛蒙氣味，聞上去是濃烈的沉香氣息，讓吳僅弦感到威脅。

該不會……白言已經被標記了？難道是因爲這樣白言才躲著自己嗎？這個想法讓吳僅弦頓時失神。

苦惱讓吳僅弦按壓原子筆的力道越來越大，正當他快把原子筆按壞時，視線餘光頓時注意到這堂通識課的班上有個眼熟的人。

對方留著一頭顯眼的紅色長髮，臉上沒有什麼表情，而且行爲還很奇怪。只見那個人不斷輪流擺放桌上的兩支鉛筆和一塊橡皮擦，好像怎麼調整都不滿意的樣子。

吳僅弦覺得對方有些眼熟，過了一陣子才想起來，他是和白言同個樂團的鍵盤手。由於演出時這人都低調地站在後方，因此吳僅弦一時之間才沒注意到。

也許可以向他打聽白言的事情。他想。

下課鐘聲一響，吳僅弦立刻抄起課本和文具，走到陳晨身旁，「你是和白言同個樂團的成員嗎？我之前在演出現場看到過你。」

「是。」陳晨簡單回答，接著收起書本，然後就開始往外走。

吳僅弦趕緊追了上去，「我是你們樂團的新經紀人。」

陳晨困惑地歪了下腦袋，他們什麼時候有經紀人了？不過有了似乎也是好事，陳晨對他們樂團的鬆散程度可是非常有自知之明，「你好。」

吳僅弦立刻追問：「身為你們的經紀人，我可以和你打聽白言的事情嗎？」

「不行。」陳晨回答的得很果決，「我不說別人閒話，除非必要。」

「我有必要知道這件事。」吳僅弦攔住陳晨，語氣中帶著些許焦慮，「白言現在有交往對象嗎？」

陳晨露出茫然的神情，「身為經紀人，有必要知道這件事？」

「有，因為……因為要顧慮到粉絲嘛，粉絲都怕自己的偶像有交往對象，有時候還會因此吵起來，影響和諧，還會打擊樂團名聲。」吳僅弦開始瞎扯。

陳晨依舊歪著腦袋，語氣還是很不解，「有這麼嚴重？雖然白言現在沒有交往對象，可是他之前換過好幾任了，也沒發生你說的那些事情啊。」

吳僅弦不禁瞪大眼……換過好多任了？真的假的？白言這幾年到底都做了些什麼啊！

沒想到如此輕易就套話成功，吳僅弦沒放過機會，繼續問道：「白言被標記了嗎？」

「標記？沒有吧，他的交往對象好像都是Beta……」說到這裡陳晨猛地停了下來，頓了頓後才反應過來，「我好像說太多了。」

可惜為時已晚，吳僅弦已經聽見所需的訊息了——只要白言還沒被標記，他就還有機會！

吳僅弦向陳晨揮了揮手，離開前還留下一句：「謝謝你告訴我！」

「不要謝，我根本不該和你說。」陳晨懊悔地嘆氣。

吳僅弦沒有理會懊惱的陳晨，腳步輕快地離開教室，初秋的微風拂過他的臉，帶著溫暖的氣息。

♪

社團活動結束前，熱音社的社長將所有成員召集到一起，宣布最近學校將舉辦一場歌唱比賽，所有的校內成員都可以參加。

葉宥心一聽就開心得不得了，扯著陳晨和白言的手臂，兩眼放光的模樣像是一隻興奮的黃金獵犬，「好像很好玩，我們參加吧！」

陳晨聳聳肩，語氣依舊平淡，「隨便，我沒意見。」

白言則是沒好氣地說：「其實我不想參加，但你應該不會聽吧。」

「好，就決定參加啦！」葉宥心大聲宣布。

「果然沒在聽……」白言嘆了口氣。

葉宥心理直氣壯，「有什麼不好？音樂就是要和其他人分享啊。」

他不懂白言爲什麼總是對上台興趣缺缺，白言的唱歌實力並不差，卻不怎麼喜歡展示，就連當初去酒吧駐唱也是葉宥心提的主意。

站在一旁的吳僅弦拿著手機，點開行事曆，「歌唱比賽在下個月中旬，時間有點緊，我們這週就要先訂下曲目，之後再來排團練時間，大家抓緊時間吧。」

「知道了。」陳晨看了一眼手錶，突然說道：「五點了，晚餐時間到，我要去吃飯。」說完就自顧自地直接離開。

葉宥心有些無力地說：「明明可以一起吃啊，好歹也是團員吧……」

白言則是聳了聳肩，不太介意的樣子，「陳晨就是那種個性，我們就自己去吃吧。」

葉宥心警戒地看了一眼身旁的吳僅弦，白言口中的「我們」，顯然包括了這位經紀人。他知道吳僅弦人並不壞，而且自從他幫忙排行程和管理收支之後，樂團內部的運作的確順利很多。

可是他就是不喜歡吳僅弦，甚至說不上來爲什麼，只能歸咎於Alpha之間的費洛蒙互斥。

他們三人一同離開社團教室，早秋的微風吹來，一股濃烈的芬芳湧了上來——濃郁的、勾人的小蒼蘭氣息。

葉宥心和吳僅弦幾乎同時轉向白言，只見白言壓抑著呼吸，滿面潮紅。費洛蒙的濃度不對勁，白言的發情期來了。

葉宥心認識白言一陣子了，知道對方的發情期不該在這個時候出現，除非他被刺激了……他被誰刺激了？

葉宥心有種不好的預感，他率先衝了過去，語氣焦急，「學長，你有帶抑制劑嗎？」

「抑制劑……」白言的眼神逐漸變得迷離，「在我的背包裡……」

「知道了。」葉宥心試圖攙扶搖搖欲墜的白言，卻被白言猛地推開。

「別靠近我！」白言緩緩蹲下，在路上縮成一團，「Alpha的費洛蒙……離我遠點……」

葉宥心一陣絕望，白言依舊討厭他的費洛蒙。

他從來沒有這麼恨過自己的身分，恨自己是個優性Alpha。偏偏這個時候，身爲Beta的陳晨又不在，他手足無措，已經慌了神。

正當葉宥心茫然的同時，白言舉起手指，指向葉宥心身後的吳僅弦，用顫抖的聲音說：「他……讓他來……」

葉宥心彷彿被重擊了一下腦袋。他呆呆望著吳僅弦走到白言面前，用力抱起白言，讓對方縮在自己懷中，然後從白言的後背包中摸出飲用的抑制劑。

吳僅弦將藥劑倒進白言的口中，看著對方逐漸緩和的身子，靠在他耳邊輕聲說：「我帶你回去休息吧。」

白言輕輕點了點頭。英國梨的氣息讓他想起無憂的歲月、高中下課的鐘聲、考卷上的紅字，還有盛夏的蟬鳴。他討厭Alpha的費洛蒙，唯獨吳僅弦的氣味讓他安心，讓他想起美好的事物。

葉宥心望著吳僅弦離去的背影，心臟彷彿被用力掐住般，讓他幾乎無法呼吸，痛苦蔓延到每個細胞。他甚至無法控制自己的費洛蒙，濃厚的沉香氣息從他身上竄出，引來不少人的側目。

強烈的酸澀從他的心底湧出，將他整個人淹沒。他討厭自己對白言的過去一無所知，更討厭自己只能眼睜睜看著白言被另一位Alpha帶走。

葉宥心忽然發現，自己想像中還要更在乎白言。

當白言清醒時已經接近晚上，吳僅弦坐在床邊滑著手機，英國梨的香氣隱隱透了出來。

發覺白言的動靜，吳僅弦抓起桌上的一杯水和藥片，遞到白言面前，「我找到你的抑制劑了，快吃吧。」

白言點點頭，安靜接過吳僅弦遞來的藥片，迅速吞下。

他們都知道發生了什麼事情，只是心照不宣沒說。

看著乖乖吞下藥片的白言，吳僅弦嘆了口氣，「爲什麼你好像總是在我身邊

NOT FOR SALE
盛夏的香氣©依讀 || 烯 || POPO原創出版

倒下？」

回憶再度湧上，白言想起了那天，他的發情期突然到來，而吳僅弦當時也剛好在他的身邊。

「誰知道呢？我的發情期本來就不是很固定。」白言聳聳肩。

吳僅弦彈了一下白言的額頭，「你知道自己發情期不固定，還不好好注意，找死嗎？你知不知道這有多危險！」

「現在知道了。」白言伸了個懶腰，「我餓了，想吃章魚燒。」

「你有沒有在聽我說話！」吳僅弦簡直要抓狂。

「聽了。」白言跳下床，「我現在要去買章魚燒，你要不要跟我去。」

吳僅弦仰天長嘆，他就是拿白言沒轍。

「你現在這個樣子，我怎麼可能放你一個人去？」吳僅弦無奈地碎念著：「算了，反正我下午和晚上的課都請假了，剛好有空。」

吳僅弦沒有說明白，但白言聽懂了——爲了照顧他，吳僅弦請假了。

白言瞬間有了罪惡感，卻也有些開心……吳僅弦是眞的還將他放在心上。

「謝謝你，今天我請你，隨便你點，乾脆把所有口味都點一遍好了！」

「千萬不要，吃不完好嗎！」

不過白言顯然沒有把吳僅弦的話聽進去。他簡單穿了件圓領上衣，又套了件牛仔褲，抓了背包就出門。

白言住的地方離學校不遠，沒走幾步就可以進入學校附近的商店街。

明明已經過了晚餐時間，街上的人依然不少，身爲Omega的白言體型比較嬌小，一不小心就會被人潮淹沒。

幾乎像是本能般，吳僅弦拉住了白言的手，淡淡地說：「別跟丟了。」

「我才不會跟丟……啊，是章魚燒！」白言的眼睛一亮，立刻就往章魚燒攤飛奔過去。

吳僅弦幾乎是被扯過去的。

下一秒，吳僅弦無言地看著白言一口氣點了五份章魚燒。

還眞的每個口味都點一遍啊？白言到底有多想吃？雖然心裡這麼想著，但他並沒有阻止白言瘋狂的行爲，看著對方的目光甚至還有些溫柔。

他覺得自己果然病得不清，爲了高中的一段舊情轉學，還加入一個完全不擅長的領域的社團。他的人生好像總是這樣，被白言搞得天翻地覆。

不過，他並不後悔。

白言買到了章魚燒後顯然心滿意足，之後又買了一杯珍奶，這才拉著吳僅弦到附近人潮稀疏的樓梯，把章魚燒一盒盒打開，興奮得像個孩子一樣。

吳僅弦看著吃得認眞的白言，眼底不禁流露出寵溺，「我還記得第一次買飲料給你喝的樣子，那時的你像是發現新大陸一樣。」

「畢竟我以前眞的很少喝飲料，我媽總念說喝飲料不健康、對身體不好。」

聽見白言提起他的母親，吳僅弦過往的記憶也隨之甦醒，他的身子微微一僵。

儘管是很微小的動作，依舊逃不過眼尖的白言。像是試圖緩解氣氛似的，白言聳聳肩，「不過都是以前的事情了，現在我媽已經不怎麼管我了，八成也是因爲管不動。你看，我現在打了耳洞，還染頭髮，和以前完全不一樣了吧。」

吳僅弦沉默了數秒，然後才開口：「當年的事情……我很後悔。」

「你後悔什麼啊？」白言苦笑著，「後悔跟著我胡鬧了半天嗎？」

「不是，我很後悔當年沒有成熟到足以保護你，也很後悔沒有早點來找你，但是我沒有後悔喜歡上你，從來都沒有後悔過。」吳僅弦望向白言，每句話都說得很認眞，「你呢？你後悔喜歡上我嗎？」

白言深吸一口氣，握緊手中的珍奶，塑膠杯上凝結的水珠一點點流到他的指尖上。隨後他抬起頭，聲音溫柔且堅定，「我也不後悔。」

吳僅弦笑了起來。聽見吳僅弦的笑聲，白言也不禁彎起嘴角。

五年了，看來有些事物並不會隨著時間改變。

♪

葉宥心非常焦躁。他坐在團練室中，遠遠就聞到了白言身上散發出屬於Alpha的費洛蒙氣味，一種淡淡的，英國梨的芬芳。

葉宥心很清楚，那是屬於吳僅弦的費洛蒙，而且當事人現在也正好在團練室裡面。

爲什麼？學長不是討厭Alpha的費洛蒙嗎？偏偏還是個劣性Alpha的氣味。

葉宥心從沒有覺得自己身爲優性Alpha的費洛蒙比較高級，但此刻他卻如此希望能用費洛蒙輾壓吳僅弦的氣味。

沒有察覺到葉宥心複雜的情緒，白言張望了一下四周，輕咳一聲，隨後開口：「我們比賽的曲目，你們有什麼意見嗎？」

陳晨聳聳肩，依舊是那副冷淡的表情，「我都可以。」

葉宥心稍稍收回自己的情緒，壓著嗓音問：「學長有什麼意見嗎？」

「我不知道啊。」白言望著葉宥心，「當初提議參加的人不是你嗎？我以爲你心裡早就有數了。」

「不，我沒有。」葉宥心回答得非常肯定，「畢竟我這個人做事不怎麼考慮後果。」

「這沒必要驕傲吧！」白言無言以對。

眼看兩人即將爭執起來，吳僅弦突然開口：「其實白言有一首自創曲，我覺得很好聽，要不要試試看？」

葉宥心一聽瞬間精神就來了，睜大了雙眸，「學長，原來你還會作曲嗎？我要聽！當然要聽！」

白言瞪了一眼吳僅弦，覺得這傢伙根本是自己想聽吧！

不過身爲主唱，連這種要求都不能滿足實在有點丟人，所以白言敲著桌面，打起簡單的節拍，清唱了起來。

沒有任何伴奏，溫暖的歌聲瞬間填滿整個空間，空靈的音色彷彿訴說著一段祕密，一段深藏的回憶。

葉宥心想起來了，從他第一次見到唱歌的白言時，就已經迷戀上他的歌聲。

然而當他看向吳僅弦時，心臟卻又猛地一沉。

他發現白言正望著吳僅弦，而吳僅弦也微笑著看著對方。他再仔細傾聽歌詞，這才驚覺這是一首青澀的情歌，寫著一段高中的青春歲月，寫著用考卷摺成的紙飛機，寫著海浪的聲音，寫著盛夏的年華……不難猜測，這是一首白言當年寫給吳僅弦的歌。

察覺此事的瞬間，葉宥心再也控制不住自己，優性Alpha的費洛蒙瞬間爆發，直接壓過吳僅弦的氣味，甚至連白言的氣息都消融在一片沉香氣息中。

白言嚇得停下歌聲，震驚地望著葉宥心。他從沒見過葉宥心費洛蒙如此失控的模樣。

吳僅弦雖然感知費洛蒙的能力較弱，但也能感覺得到葉宥心帶來的的壓迫。他臉色一沉，用深棕色的眼眸直盯著葉宥心，對方的費洛蒙正在說著一種信息——他想得到白言。

緊繃的氣息一觸即發，凝滯的空氣彷彿隨時會被撕裂，只有身爲Beta的陳晨不明所以地拍了拍手，用平靜的語調說：「好聽，就表演這首吧，你們怎麼了？一個個表情都這麼奇怪？」

眾人才回過神來，尷尬地笑著同意。

決定好演出曲目後，心情不佳的葉宥心率先離開團練室，緊接著陳晨也因爲時間已晚而離去。

轉眼團練室中就只剩下白言和吳僅弦。

吳僅弦看著伸手撥弄琴弦的白言，語重心長地說：「白言，葉宥心剛剛的費洛蒙你也感受到了吧？」

「感受到了，不過我想只是意外，他從來沒有這樣過。」

「你要小心一點，他可能被你吸引了。」

白言聞言大笑了起來，「你說葉宥心嗎？他才不會，如果他想上我早就出手了，他多得是機會。」

聽見白言這麼說，吳僅弦頓時急了。他靠向白言，擔憂地追問：「你這是什麼意思？」

「反正我們之間沒事，就只是團員關係而已，你別管太多。」白言回答得雲淡風輕，似乎沒把事情放在心上。

這讓吳僅弦反而加大了音量，「不要小看你自己對Alpha的吸引力！」

吳僅弦說話的方式讓白言想起了容花，想起了他被束縛的那些歲月，讓他反感不已。

「我會自己選擇朋友，更何況他是我團員，我信任他。」白言不太高興地背起吉他，一副準備離開的模樣。

「等等，白言，你要去哪？」

白言只是朝他吐了吐舌頭，用叛逆的語氣說：「要你管，別跟過來！」

吳僅弦瞬間有些困惑，白言過去是這個樣子的嗎？在他心中的白言有些調皮、有些叛逆，不過絕大部分還是安靜乖巧的，時常沉浸在自己的世界中。

面前這個白言，則讓吳僅弦感到陌生……他仔細想想，以前的白言不會晚歸、不會喝酒、不玩社團，現在的白言卻都會了。

「白言，你真的變了。」吳僅弦忽然冒出這句話。很輕的一句話，說出來的瞬間卻變得很重，赤裸又傷人。

吳僅弦說完就愣住了……不是的，他不該因爲吃醋而胡亂發火，還說出這種話。他只是希望白言別和其他Alpha走得太近，害怕白言被搶走。

白言從沒想過吳僅弦會這麼說自己，其他人可以這麼對他說話，無所謂，可是吳僅弦不行，因爲吳僅弦所說的每一句話他都會放在心上。

望著面前無措的吳僅弦，白言的視線漸漸冷了下來，「對，我變了，我還有做過更多骯髒的事情。就像我之前每週換一個床伴，還在酒吧被撿屍，你都不知道，對吧？因爲在你心中，我還是原本那副乖巧可愛的模樣，你已經不認識現在的我了。」

在這空白的五年中，他們都變了。

吳僅弦有些懊惱，抓著白言的手腕，語氣居然在發顫，「白言，我不是那個意思……」

「你就是這個意思。」白言抽回手，打開門團練室的門，「其實你也變了，吳僅弦，你以前不會這麼對我說話的。」隨後關門而去。

吳僅弦看著自己的手，不敢相信剛剛發生的事情。他傷到白言了，吐出的文字化爲利刃，把白言傷得體無完膚。

他錯愕得甚至忘了要追上去。

躺在床上的葉宥心內心焦躁不得安寧，他的易感期到了，雖然已經吞了兩顆抑制劑，暫時把症狀壓下去，不過身體還是不太舒服。這也解釋了他爲什麼先前會突然失控，爆發費洛蒙。

葉宥心半睡半醒間，一陣急促的電鈴忽然響起，直接打斷了他的睡眠。

「這麼晚了，到底是誰……」葉宥心拖著腳步走到門前。才剛打開門，一陣Omega費洛蒙的氣味就竄進鼻腔，讓他渾身發顫——是小蒼蘭的氣味。

葉宥心還沒說話，白言就率先踏進房間，還一臉怨氣地說：「陪我聊聊吧，心情眞差。」

「今天不行。」葉宥心頭疼地看著白言，這人什麼時候不來，怎麼偏偏選這個時候！

白言在房間中轉了一圈，這才注意到不對勁的地方——此處費洛蒙的氣味太濃了。

滿屋子沉香的味道讓白言一陣戰慄，他緩緩抬起腦袋，注意到葉宥心發紅的雙頰。

「你……在易感期？」白言吞了吞口水，Alpha費洛蒙的味道衝得他腦袋有些發昏。

葉宥心不自覺靠向白言，一步一步把白言逼到了牆角。

葉宥心知道自己變得貪心了，以前自己只是想要待在白言身旁，聽他唱歌、陪他失戀、一起徹夜長談。現在他卻希望白言能永遠待在自己身旁，甚至希望白言的身上能夠沾染上自己的氣味。

他輕嗅了一下白言的頸子，除了小蒼蘭的氣息外，他還聞到了英國梨的清香……又是這個味道，讓他嫉妒不已的氣息。

葉宥心的本能被瞬間激化。他伸手將白言擁進懷中，張嘴輕咬了一下白言的側頸。

儘管力道不大，卻讓白言害怕。白言久違地想起當年數名Alpha是如何團團將他包圍，用刺耳的聲音嘲笑他。

葉宥心的費洛蒙很強烈，幾乎可說是霸道。

白言開始發抖，背上吉他滑落在地板上，發出撞擊聲。他試圖推開葉宥心，但身為一個Omega，體力實在太過劣勢。

他很懊惱，這次的確是他的不對，沒注意到葉宥心的狀況就直接跑進來，無疑是羊入虎口……也許吳僅弦是對的，他是該小心一點。

「葉宥心，你快停下！」白言感受到葉宥心直竄上來的費洛蒙，清楚接下來會發生什麼事情。

下一秒，葉宥心將他整個人抱起來，往床上一扔，隨後整個人撲了上來，繼續貪婪地汲取白言的氣息。

葉宥心一邊輕吻著白言的側臉，一邊喘息著說：「為什麼？為什麼是那個Alpha？學長，你知道我忍多久了嗎？因為你總說討厭Alpha的費洛蒙，我才不出手的。」

白言愣住了，葉宥心喜歡他嗎？為什麼他之前都沒有發現呢？究竟是葉宥心藏得太深，還是他太過遲鈍？

白言無法想像葉宥心究竟抱著什麼樣的心情陪伴著他，眼睜睜看他換一個又一個男友，最後又與吳僅弦重逢……他做了一件非常殘忍的事情。

「對不起，我沒注意到。」白言掙扎著試圖推開葉宥心，閉上眼說：「抱歉，我不討厭你，只是吳僅弦不一樣，他很特別。」

白言本來是希望葉宥心能夠停下，誰知道這話更刺激到葉宥心，導致對方開始焦躁地解開他衣服的鈕釦。

那個劣性Alpha到底好在哪裡？葉宥心很不甘心，在慾望與憤怒的驅使下，他現在只想將白言占為己有。

不顧白言的奮力抵抗，葉宥心扯下白言的襯衫，強吻了白言。

粗暴的吻剛落下，白言的表情就讓葉宥心猛地僵住……他看上去好像快哭了，表情混雜著害怕還有拒絕。

葉宥心先是愣住，緊接著被推入了絕望之中。他因易感期而混亂的腦袋像是被重棒敲擊，瞬間冷靜了不少。

他怎麼可以因為喜歡，就放任自己的本能去傷害白言呢？他緩緩拉開彼此的距離，然後離開床鋪，背對著白言，壓抑著嗓音，「我不知道你又發生了什麼事情才會跑來我這邊，不過我想你現在還是先離開比較好。」

「嗯。」白言點點頭。他已經開始後悔沒聽吳僅弦的勸告了。

葉宥心深吸了一口氣，「去找他吧，去找那個對你來說是特別的人。」

白言看著面前的葉宥心，忽然覺得對方很脆弱，看起來像是隨時可能碎裂，明明是個高大的優性Alpha。他原本想伸手安慰葉宥心，手舉到半空中卻又迅速放下來……他其實想不出什麼安慰對方的話，尤其是在這樣的狀況下，感覺多說多錯。

白言把衣服穿回去，撿起地板上的吉他，隨後打開房門，想了想後還是留下了一句：「謝謝你。」隨後關門離去。

葉宥心獨自佇立在空蕩蕩的房間中，空氣中還殘留著小蒼蘭的氣息。

「眞是……要瘋了，爲什麼我偏偏喜歡上這個人？」葉宥心無力倒回床上，摀著自己的臉，嘆息般的語尾消融在秋季微涼的空氣中，沒多久就消失殆盡。

白言踏出宿舍大門後看了一眼手機，螢幕顯示好幾則吳僅弦傳來的道歉訊息通知。這讓他莫名有些慶幸，至少吳僅弦還擔心著自己，而這份欣喜又讓他有些慚愧。

白言思考片刻，便打決定打通電話給吳僅弦。

吳僅弦一接起來就心慌地問：「白言，你在哪裡？」

「我要去海邊！你要跟我去嗎？」

「海邊？你瘋了嗎？現在什麼也看不到！」吳僅弦崩潰的聲音從手機傳來。

白言幾乎笑了出來，彷彿已經看見吳僅弦被他逼瘋的臉，「就問一句，你去不去？」

吳僅弦嘆了口氣，然後無可奈何地說：「去，把你的定位發給我。」

白言說了聲好，隨後掛斷電話，加快步伐，直到他聽見陣陣浪潮的聲音。

當初他會挑這間大學，很大一部分的原因就是這邊離海很近。

如同吳僅弦所說的，天黑了，什麼都看不見，只有海浪的聲音劃破寂靜，陣陣海風把白言的髮絲吹得凌亂。

白言點擊地圖，把位置資訊傳送過去，之後就靜靜站在原地，等待吳僅弦。

沒過多久一台摩托車就從道路的遠方駛來，猛地停在了白言的面前，車燈亮得讓白言瞇起眼。

吳僅弦把車熄火，匆促地走了過來，用雙手捧著白言的臉，語氣又是心疼又是慌張，「你搞什麼？大半夜跑來這裡，不冷嗎？」

白言享受著吳僅弦掌心的溫度，隨後開口：「吳僅弦，你爲什麼喜歡我？」

「我哪知道？要是我知道了，還會被你耍得團團轉嗎？況且喜歡一個人需要理由嗎？因爲你是白言，所以我喜歡你，不行嗎？」

白言眨了眨眼，伸出手抱住吳僅弦，「但我已經變了啊……吳僅弦，其實你說得沒錯，我已經不是你以前喜歡的那個白言了。」

「我也和以前不一樣了啊，變得更嘮叨，還會和你吵架，都五年了，誰能不變？」吳僅弦回抱住白言，「無論你變成什麼模樣，我都還是喜歡你。」

白言原本有些緊繃的心情頓時放鬆下來，甚至有些想哭。他把腦袋埋進吳僅弦的胸口，悶聲道：「我以後如果需要和其他Alpha單獨出去，會先和你報備，讓你別擔心。」

「好，我以後也不說傷人的話了，有什麼話都會好好說。」吳僅弦拉起白言的手，「現在我們都不氣了，可以回家了嗎？」

「還有一件事。」白言反握住吳僅弦的手，做了個鬼臉，「跟我交往吧，這次是正式的了。」

白言記得吳僅弦當時的表情，詫異、興奮、喜悅在對方的臉上來回閃動，簡直像是某種詭異的走馬燈，荒謬得讓白言笑了起來。

海風向他們兩人襲來，白言伸手撥開額前的瀏海，靜靜地看著吳僅弦一臉幸福的模樣。

現在吳僅弦是他的Alpha了，他們誰也逃不掉。

♪

陳晨看著在房間中焦躁踱步的葉宥心，目光隨著對方從房間的左側移到右側，又從右側回到左側，感覺他都快看暈了。

「葉宥心，你要不要先坐下來？」陳晨好言相勸。

他已經看著葉宥心來回走動半個小時了，這人不累嗎？而且還不說爲什麼要把他叫來這裡？

葉宥心憋了半天，這才開口：「白言有喜歡的人了！」

「噢……所以呢？」

葉宥心聽了不禁崩潰，「所以我失戀了，你快安慰我！」

「失戀？你喜歡白言？」陳晨還在狀況外。

葉宥心感覺生無可戀。早知道就不要找陳晨過來了，他是希望能得到精神支持，而不是二度創傷！

「算了，我看你也不會懂。」葉宥心冷著語氣說：「你是個Beta，聞不到任何的費洛蒙，所以我看你什麼也沒感覺到吧。」

「我的確沒感覺，不過我知道能幫你忘掉情傷的方法。」陳晨一本正經地解釋：「網路上說，忘掉情傷最好的方法就是再談一場戀愛。」

葉宥心聽了簡直快要吐血，「不要亂信網路上的說法！況且現在我去哪裡找新的戀愛對象啊！」

沒想到陳晨的反應居然是歪著腦袋，冷靜地說：「你一個優性Alpha，還怕找不到戀愛對象？」

葉宥心傻住了，陳晨是在損他嗎？

他從以前其實就一直覺得……陳晨真的很怪，講話都沒在看場合！要不是當初看對方彈一手好琴，他絕對不會找這種怪人組團。

葉宥心都忘了自己原本是要找陳晨訴苦，反而開始試圖糾正陳晨的價值觀，「不是，陳晨，你仔細想想，戀愛不是說談就可以談的啊……」

陳晨思考了大概三秒，然後困惑地說：「白言以前的戀愛就是隨便談啊。」

「不要拿白言當標準！」葉宥心吼了起來。

「你怎麼這麼麻煩啊。」陳晨抬起頭，看著牆上的掛鐘，「十一點了，我要睡了，晚安。」

隨後他就在葉宥心的床上躺了下來，流暢的動作彷彿呼吸一樣自然。

葉宥心看著闔上眼的陳晨，痛苦地抓著腦袋，覺得自己的世界似乎坍塌了，「你到底有沒有在聽我說話！」

早知道他就不要叫陳晨過來了，沒被安慰到就算了，現在反而還增加了新的困擾！

葉宥心醒來時聞到一陣淡淡的刺鼻的味道。他緩緩撐起身子，晃了晃有些發昏的腦袋，那個味道他有些熟悉……像是燒焦的氣味。

不對，爲什麼他的房間裡面會有燒焦的味道！

葉宥心幾乎是從床上彈了起來，環顧四周，看見一旁的陳晨一手拿著打火機，另一手拿著一片吐司，滿臉困惑。

再這樣下去他的房間恐怕都要燒了……葉宥心二話不說立刻衝上前，抓著陳晨的手，「你在做什麼？」

「我在試打火機能不能成功烤吐司。」

「你腦袋壞掉了嗎？不要浪費我的吐司，我月底吃土就靠它了！」葉宥心崩潰地喊道：「你如果想吃烤吐司，去外面買不就好了？」

「可是我想親手做給你吃。」陳晨想了想，又補上一句：「網路上說，要讓朋友開心，做早餐是個不錯的選擇。」

「你不要再學網路上那些有的沒的！」

葉宥心現在只想搭時光機回到過去，好好賞自己兩巴掌。當初他到底是哪根筋接錯，才會叫陳晨過來安慰自己？這傢伙連一般人的常識都沒有啊！

然而陳晨顯然並沒有察覺葉宥心的心情，「網路上說，不要就是要的意思。」

「我不是……」葉宥心扶著額頭，覺得再解釋下去也沒用，於是轉而開口：「算了，別管網路上亂七八糟的言論了，我們出去吃早餐吧，等等還要團練。」

陳晨眨了眨眼，還是沒有意識到究竟哪裡做錯了，不過還是乖巧地點點頭，開始收拾東西。

♪

當他們再次全員團練時，葉宥心看著白言拉著吳僅弦走到他面前，已經大概猜到會發生什麼事情。

白言輕咳了兩聲，向葉宥心和陳晨宣布：「你們八成已經猜到了，不過我還是想正式和你們說一聲，我和吳僅言打算正式開始交往和同居。」

「恭喜。」陳晨拍手，不過才拍沒兩下就感覺到身旁葉宥心的低氣壓，便默默縮回手。

即使感受不到費洛蒙，陳晨也猜到現在葉宥心的費洛蒙一定爆炸了，因爲白言的臉色很難看，吳僅弦也差不多。

陳晨默默在心底嘆了口氣，當Alpha和Omega眞麻煩啊，還好他是個Beta。

雖然氣氛很糟，不過當天的排練倒是進行得特別順利，白言的聲音狀況很好，看得出來他這幾天有得到充分休息。

葉宥心明白這是因爲有吳僅弦在的關係，不然依照白言的個性，一定會繼續在外面放蕩地玩，不顧身體，日夜顚倒地過生活。

這是好事，葉宥心卻還是不高興。嫉妒是件醜陋的事情，他明白，只是他無法控制。

團練之後，葉宥心難得主動邀請白言：「學長，等等要不要一起去酒吧喝一杯？」

白言搖搖頭，語帶歉意，「抱歉，我和吳僅弦要去看電影，你們去吧。」

兩人單獨出門，怎麼想都是去約會了，葉宥心感覺自己再次受到打擊，眼睜睜看著白言和吳僅弦有說有笑地離開團練室，情緒再次負面到了極點。他一把扯住剛要一起走出團練室的陳晨，散發出壓制的費洛蒙，「別跑，跟我去喝酒。」

陳晨沒有感受到費洛蒙，因此只是露出困擾的表情，「可是已經快五點了，我的晚餐……」

「晚餐我請，跟我走！」葉宥心咬牙道：「陳晨，你說得沒錯，忘掉舊情的方式就是尋找新戀情，我要去尋找我的春天了！」

「啊？你昨天不是還反駁我嗎？」

「給我忘了！」葉宥心扯著陳晨的衣領，二話不說就將對方往外拖，「我就不信，我堂堂一個優性Alpha，還會找不到人約會嗎！」

陳晨露出厭世的表情，硬是被葉宥心拉了出去，同時在內心吐槽，堂堂一個優性Alpha，失戀了怎麼這麼幼稚！

深夜，葉宥心一回到宿舍就把自己摔在床上，還拿了枕頭摀住臉。他，葉宥心，一個優性Alpha，在外面混了一個晚上，結果半個聯絡方式也沒要到。

該不會是他的費洛蒙出了什麼問題吧？這種事情有可能發生嗎？葉宥心看著蒼白的天花板，深陷在自我厭惡中。

陳晨很自然地也跟著回葉宥心的家中。他先是走到書桌前，把散在桌上的作業排列整齊，隨後坐到葉宥心的床沿，有些不解地問：「你在做什麼？打算用枕頭悶死自己嗎？」

「你看不出來嗎？我在沮喪，如果能用枕頭悶死自己，我現在馬上就想試試。」葉宥心沒好氣地回答。

「爲什麼沮喪？」

「因爲我今天沒交到半個新朋友啊！」葉宥心忍不住慘叫起來。

「沒關係，我也沒交到。」

「不要拿我和你比較！你那種聊天方式能交到才有鬼！」

「不懂你在說什麼，不過感覺戀愛真麻煩。」陳晨低聲嘟囔：「你到底爲什麼這麼想要找伴侶啊？是爲了滿足性慾嗎？」

「那當然也是部分原因，不過更多的是想要陪伴的感覺啊，當兩人心意相通的時候，會感覺世界都不一樣。」葉宥心的語氣中帶著嚮往。

然而陳晨只是搖了搖頭，淡淡地說：「你一個沒談過戀愛的人，到底在亂說些什麼啊？」

「你有什麼資格說我？你也沒談過戀愛啊！」葉宥心把枕頭往陳晨臉上一丟，憤恨地說：「你身爲Beta不會懂的，Alpha和Omega之間本來就會互相吸引，我相信自己命中注定的Omega總有一天會出現！」

陳晨接住枕頭，「我還是不懂，你說想要人陪伴、想要心靈相通，其實朋友也都能做吧，你到底在執著些什麼？」

「你才奇怪！朋友哪能做這些事？講得好像你能做到一樣！」

陳晨想了想，「我可以做到，而且對象是你的話感覺不難。」

葉宥心被刺激了一下，彈起身子質問：「感覺不難是什麼意思？」

「因爲你不就是寂寞了而已嗎？」陳晨回答得很冷靜。

「我才沒有那麼膚淺，不要亂說！」葉宥心感覺被搧了一巴掌，惱羞成怒。

「不然這樣好了，以後如果你寂寞了，我就給你一個擁抱吧。」陳晨說完就伸出手，抱住了葉宥心的腦袋，輕拍兩下，「好了，這樣可以了嗎？」

葉宥心頓時愣住了，陳晨身上的氣味很乾淨，只有洗衣精和一絲汗水的味道，沒有任何費洛蒙的氣息。而這樣的味道，真的讓他平靜許多……或許陳晨是對的，他只是因為白言被搶走而寂寞了。

葉宥心不自覺用力抱住陳晨，把頭埋在對方懷中，然後抽泣起來。

陳晨什麼也沒說，這種安靜正是葉宥心需要的。

靜靜看著懷中的葉宥心，陳晨忽然有些好奇葉宥心費洛蒙的氣味。

距離比賽時間越來越近，樂團只能抓緊時間練習。

這段期間白言將自創曲的編曲重新調整，原本他只寫了吉他的部分，現在又加上鼓和鍵盤，讓音樂層次更加豐富。

偏偏就在這個時候，葉宥心卻像是人間蒸發似的消失了。

白言焦急地在團練室中來回踱步，不停地打給葉宥心，然而電話總是沒有被接通。

「那個渾蛋到底跑哪裡去了！」白言急躁地咬著牙，看向陳晨，「陳晨，你知道他去哪了嗎？」

陳晨乾脆地搖頭。他的確不知道，但他知道葉宥心昨天哭了很久，或許是因爲這樣，對方才沒有來排練。

不過葉宥心應該並不希望白言知道這件事，因此陳晨選擇保持沉默。

正當白言失去耐性時，他的手機忽然響了起來。他立刻拿起手機，衝著電話一頓罵：「葉宥心！你到底在幹麼，快給我滾來團練室！」

「白言，你說話有禮貌一點。」容花有些淡漠的聲音從另一頭傳來，讓白言渾身一震。

自從上了大學後，他和容花就很少聯絡了，一方面是因爲他很忙碌，另一方面是因爲不知道要說什麼。容花定期會匯生活費過來，不過白言也有在打工，因此倒也沒有錢不夠用的問題需要溝通……這還是容花第一次主動和他通話。

「喂，媽，怎麼了？」

「我需要開刀，醫生說有家屬在比較好，你可以來醫院一趟嗎？」

「什麼手術？」

「心臟方面的問題。」容花語氣很平靜，「因爲有失敗的風險，所以你來一趟吧。」

白言聞言頓時有些恐懼，害怕再也見不到容花。過去他總嫌容花管太多，如今卻很害怕容花再也沒辦法管他。

「這麼嚴重的事，你怎麼不早說！我立刻過去！」

看見白言神色焦急，陳晨和吳僅弦好奇的目光雙雙轉向白言。

還沒等兩人開口問，白言就主動說道：「我媽需要動手術，我要去一趟醫院，今天就先走了。」

「你快去看他吧，需要我陪你去嗎？」吳僅弦語氣擔憂。

白言遲疑了一下，懊惱地開口：「我不確定他會不會想見到你，我還是自己去吧。」

「至少讓我送你去車站。」吳僅弦拉著白言，匆匆離開團練室。

團練室一下子就只剩下陳晨一個人，他孤伶伶地站在電子琴前，手中拿著白言給他的新樂譜。他們花了這麼多時間練習，沒想到卻突然發生這麼多意外，這讓他一時間難以接受。

他在鍵盤上按下一組和弦，忽然覺得有些寂寞……果然樂團還是要大家一起才好玩。他不禁想著。

白言離開學校後直奔容花所在的醫院，風風火火跑進容花的病房。躺在病床上的容花望著趕來的白言，用虛弱的聲音說：「你動作輕點，別吵到其他病患。」

「都什麼時候了還說這個？」白言焦急地拉了把椅子，在容花身旁坐下，「醫生怎麼說？」

「老毛病而已，我的心臟一直不好，所以要裝支架，沒什麼。」

「什麼時候要動手術。」

「明天早上。」

容花說得雲淡風輕，但白言知道事情一定沒那麼簡單。如果只是個小手術，根據容花的個性，一定會默默處理，根本不會和他說。

看著身旁心焦的白言，容花眉眼之間變得柔和。白言只要一急，看上去就像他的父親一樣，連動作都像那位離開他的Alpha。

他知道這次手術有一定的失敗率，因此才會叫白言回來……他也很怕再也見不到白言。

「白言。」晚風吹起病房中窗簾的一角，容花用纖細的手臂握住白言發顫的雙手，「我們一直沒有機會好好聊聊，告訴我一些你上大學之後的事情吧。」

「我……我加入了一個樂團，裡面的人都很好，我們常常一起排練和演出。」白言說得很急，像是怕容花再也聽不到一樣，「學校外面也有很多好吃的，而且還很便宜，如果你有空的話就來一趟吧，我帶你去玩。」

當初他是因爲叛逆才選了離家遠的城市，儘管他不喜歡容花的各種管束，但不管怎麼說，他都是他唯一的母親，而且他其實也並不討厭容花。

「功課呢？有好好學習嗎？」

「我還沒被當過，報告也都有交，別擔心。」

「你有找到喜歡的人了嗎？」容花問得很輕。

白言的喉結上下動了動，過了許久才緩緩開口：「有，我已有男朋友了。」

語畢，白言垂下腦袋。

「這樣啊……」容花瞇起了眼，輕輕笑了下，「有機會的話，帶他來看看我吧。」

隨後兩人同時陷入沉默。

白言凝視著病床上的容花，忽然有些恍惚。他當年多怕容花發火啊，然而現在容花看上去如此易碎，感覺一不小心就會消散於無形。

白言想了想，最後拿起手機，向吳僅弦傳出一條訊息：「我媽想見你，你能過來一趟嗎？」

收到訊息的吳僅弦騎著機車，連夜趕路，在旭日東昇的時後趕到醫院。他帶著一盒水果，戰戰兢兢踏進白言母親的病房。

容花看見吳僅弦，臉上流露出詫異的表情，接著就又放鬆了神情……原來如此，原來白言自始至終喜歡的都是同一個人。

吳僅弦小心翼翼地把水果禮盒放在床邊櫃上，然後朝著容花一鞠躬，聲音相當緊繃，「當年的事情，我很抱歉，請您原諒我。」

容花笑了笑，「我沒有生氣，你別緊張。這麼多年過去了，你還沒有放棄白言，看來你真的很喜歡這孩子。」

「對，我很愛他。」吳僅弦的聲音聽起來還是有點緊張。

他發現對方不生氣的時候看上去還挺溫柔的，說話的語氣中帶著一絲優雅，身上縈繞著晚香玉的香氣，淡雅的費洛蒙聞上去讓人心暖。

容花看著吳僅弦，再度開口：「那孩子有時候很倔強、有時候很幼稚，但他其實很容易受傷，請多多包涵他。」

「我一定會好好照顧他。」

「還有他特別怕寂寞。如果他難受了，記得多抱抱他，他喜歡被人擁抱……」熹微的日光照亮容花單薄消瘦的的身軀。

白言被說得有些不好意思，趕緊打斷容花：「媽，別說這些了。」

容花彎起嘴角，現在白言有了命定的Alpha，他終於能安心了。

牆上的掛鐘一點一點往前推移，片刻後護理師進入病房，準備將容花推進手術室。

白言待在手術室外面，整個人如坐針氈。

吳僅弦想著白言母親方才說的話，伸出手，將白言摟進懷中，輕聲地說：「沒事的，我在。」

英國梨的香氣包圍著白言，柔和的氣息讓白言逐漸安心下來。

他相信，他們都會沒事的。

♪

一大早，葉宥心是被一陣急促的敲門聲吵醒的。

「誰啊？」葉宥心不耐地用枕頭蒙住腦袋，「滾回去！」

聽見葉宥心的話，敲門聲先是停了一下，隨後變成更大的撞擊聲。這下葉宥心嚇到了。他趕緊衝到宿舍門邊，拉開門想要確認狀況，下一秒便看見了陳晨鮮紅的髮絲。

「陳晨？你在做什麼！」葉宥心把陳晨一把抓進房間，不滿地抱怨：「你想害我被房東趕出去嗎？」

「活該，是你不開門。」

葉宥心露出無奈的表情，「所以你到底來做什麼？」

陳晨翻了下自己的側背包，向葉宥心遞出樂譜，「這是白言重新編曲的比賽曲目。」

葉宥心露出苦澀的表情，別過腦袋，「我現在沒有練新歌的心情，你先去和白言排練吧。」

「白言不在。」

「什麼？」葉宥心一陣吃驚，「他去哪了？」

「白言的媽媽需要開刀，所以他趕去醫院了。」

葉宥心階過樂譜，嘆了一口氣，「這樣你來找我也沒有用啊，主唱不在，是要排練什麼？」

「我們兩個可以先排練，等白言回來再一起……」

「哪有那麼簡單，更何況我們連白言會不會準時回來都不知道。」葉宥心還是搖頭，「好了，我拿到樂譜了，剩下的等白言回來再說吧，你可以走了，我等等還要上課。」

「可是……」陳晨還想說點什麼，卻被葉宥心一把推到門外。

宿舍的門在陳晨面前無情闔上。陳晨拉著背帶的手緊了緊，不知道事情怎麼會變成這樣，從什麼時候開始，樂團成員之間的關係悄悄發生了變化，感覺就要分崩離析般……想到這裡，陳晨的一顆心都揪了起來，他討厭這種感覺。

早上的必修課結束後，葉宥心才剛走出教學大樓，就被飛奔過來的陳晨堵個正著。

「你怎麼在這裡？」葉宥心詫異地問。

「找你。」

「你知道我的課表？」

「吳僅弦把大家的課表都放在共享雲端了。」

葉宥心忍不住嘆氣，然後雙手一攤，無奈地說：「所以你來找我做什麼？」

「去排練。」

「排練個鬼，白言又還沒回來！」

「不管。」陳晨拉著葉宥心的手，絲毫沒有鬆手的意思，「跟我走。」

「唉，你到底在執著什麼啊？」葉宥心被拖著前進，看上去十分不甘願。

「我也不知道自己在執著什麼，但是我討厭現在的狀況。」陳晨停下腳步，轉過腦袋，眼眶中居然帶著淚水，「爲什麼現在誰也不在了，團練室只有我一個人？一開始不是說好一起參加比賽的嗎？爲什麼會變成這樣？」

看見陳晨少見地流露情緒，葉宥心也慌了。他趕緊拍著陳晨的肩膀，安慰道：「沒事，你別哭，我陪你練就是了。」

「我其實很喜歡這個樂團，我想要和大家一起練習。」陳晨哽咽地說。

葉宥心的心底動了動，忽然有些後悔。

「對不起啊，陳晨。」葉宥心懊惱地說：「我也很喜歡這個樂團，我只是在逃避而已，因爲看見白言和吳僅弦那麼要好，我就常常不是滋味。」

現在他確實該好好面對了……然後他頓時意識到，陳晨平時並不是沒有情緒，只是很擅長壓抑罷了，但是再怎麼會忍耐的人，也會有脆弱和寂寞的時候。

陳晨的朋友並不多，或許和他最親近的人就是樂團的成員了，也正是因爲這樣，他才會在樂團分崩離析時比任何人都還激動。

然後葉宥心又想起陳晨說過的話——

「……以後如果你寂寞了，我就給你一個擁抱吧。」

所以葉宥心伸出手，抱住了陳晨，低聲地說：「沒事的，我們兩個先練習吧，等白言回來就能立刻上手。」

「嗯，他一定會趕回來的。」陳晨用袖子擦了擦臉，「畢竟這也是他的樂團啊。」

♪

容花被推出手術室時已經接近中午。

白言跟著護理師回到容花的病房，看著麻醉尚未褪去眼神有點迷茫的容花，有些焦急地問：「還好嗎？有沒有哪裡不舒服？」

「我沒事。」容花衝著白言露出一抹蒼白的微笑，「你先回學校去吧。」

「不行，我要留下來……」

「你不是在玩樂團嗎？你突然跑來醫院，應該會造成不少困擾吧。」容花打斷白言。

「沒、沒關係，我已經和團員們說好了，我可以留下來照顧你。」

「是嗎？那你們的演出怎麼辦？」

「請假就好了，報名的比賽也可以下次再參加。」

「你們還報名了比賽嗎？」容花睜大了眼，「那就更不行了，你給我立刻回去排練，然後上台把獎項贏回來。」

白言還是有些猶豫，「可是你一個人……」

「我再過不久就可以出院了，不需要你幫忙！」容花指著門口，好像又變成當年嚴厲的模樣，「不要囉嗦了，我要看到你上台，不准逃跑。」

「現在也來不及了，比賽就在今天晚上，我得先坐車到車站，還要再等車才能回去。」

「來得及。」吳僅弦忽然開口：「我騎車直接載你回去，也許還趕得上。」

白言愣愣地看著吳僅弦，「可是我們還要排練，陳晨和葉宥心不知道進度怎麼樣了。」

「他們肯定練好了，在等你呢。」吳僅弦拿起手機，打開樂團的群組，「你看，他們連排練的狀況都上傳到群組了，雖然還有些生疏，不過應該還可以合得起來吧。」

容花再次出聲催促：「還傻著做什麼？快出發啊！」

白言露出了感激的表情。他知道容花是在爲他著想，所以才不希望他放棄比賽。

離開病房前，吳僅弦轉頭看向病床上的容花，「謝謝你，我會記得把演出錄影給你看。」

容花露出溫柔的神情。他很確信，他的孩子找了一個很好的Alpha。

吳僅弦一路上不知道超速了多少次，闖了幾個紅綠燈，導致坐在後座的白言頻頻發出慘叫，差點以爲自己的小命要沒了。

當吳僅弦終於趕到比賽場地時，白言魂都已經丟了大半，他幾乎是被吳僅弦一路扯到後台。

兩人氣喘吁吁，勉強趕上比賽報到時間，而陳晨和葉宥心已經在後台等待。

葉宥心一見到白言就奔上前，關心地問：「你媽的事處理得怎麼樣了？」

「手術很成功，已經沒有大礙了。」白言深吸一口氣，取下一直背著的吉他，「抱歉我來晚了，我們抓緊時間試音吧。」

時間不多了，他們只能抓住最後的幾分鐘爲上場做準備。

光是在後台，白言就已經聽見觀眾鼓掌叫好的聲音了，前面幾組的實力也都很堅強，他們只能團結起來，不停互相打氣，排練到最後一秒。

唱名到他們樂團的那一刻，白言深吸一口氣，走到舞台上。

葉宥心輕敲了幾下鼓棒，隨後開始演奏前奏，白言湊近麥克風，溫暖柔和地嗓音流淌而出。

這首歌對他而言是盛夏的陽光、海水的浪潮、英國梨的香氣、青春的回憶，同時也是葉宥心閃閃發亮的眼神、陳晨敲響鍵盤的清脆聲響，是一切他所珍視的東西。

他們好像已經很久沒有這樣齊心協力地演出了……白言忽然覺得很幸運，因爲有著這群團員，他們才能熬過各種風雨。

站在台下的吳僅弦舉起手機，將白言唱歌的模樣錄了下來。他很喜歡白言唱歌的模樣，唱著歌的白言總是閃閃發光。

比賽結束後，白言下了台，一眼就見到人海中的吳僅弦，二話不說就撲了上去，鑽進對方的懷裡，「怎麼樣，表演得好嗎？」

「很好，我錄起來了，非常好聽，傳給你媽看吧，他會很高興的。」

「好。」白言抱住吳僅弦，嗅著對方費洛蒙的氣味，「謝謝你，爲了我轉學。我很高興你來找我。」

吳僅弦摸著白言的髮絲，輕聲回答：「我也很高興找到你了。」

時光彷彿倒流回吳僅弦和白言相遇的那個夏天。曾經在那個夏天失去的東西，似乎又重新回到他們身上。

若眞的能夠回到當年，白言想要抱抱過去的自己，好好安慰他，告訴他不要怕，也不要難過，總有一天吳僅弦會回到他的身邊，成爲他命定的Alpha。

如果難過的話，就唱歌吧，唱出那首寫給吳僅弦的歌，歌裡包含了所有美好的事物。

「不公平，最後的投票環節太不公平了！評審幾乎全部投給壓軸的隊伍，也太偏心了吧！」葉宥心大聲抱怨著。

「他們也確實表演得很好啊。」陳晨冷靜回答：「我們能拿個亞軍也不錯了，至少玩得很愉快。」

「你還眞看得開。」葉宥心還是心有不滿。

白言拉著吳僅弦的手，興奮地說：「先別管那些了，我們去吃慶功宴吧！大家想吃什麼？我想吃燒烤……」

話還沒說完，一名目光犀利的陌生男子忽然出現在大家的面前，他微捲的頭髮在腦後扎成一搓小馬尾。

男人從口袋取出一張名片，交到白言的手中，有禮地自我介紹：「你好，我叫魏升亭，是來自繁星經紀公司的音樂製作人。剛剛我聽了你們的演奏，聽說是首原創曲，我覺得你們很有潛力。」

「謝謝。」白言接過燙了金的高級名片，上面除了魏升庭的名字外，還印著他的聯絡電話和個人信箱。

「你們的外型不錯，而且有創作能力，以後如果有新曲的話，歡迎把demo寄給我，表現不錯的話有機會發行唱片。」魏升庭繼續說明。

聽見魏升庭這麼說，一群大學生都興奮了起來，尤其是吳僅弦，身爲樂團的經紀人，他的眼神都放光了。

魏升庭的視線掃過面前一群年輕的大男孩，隨後忽然再度開口：「不過我有幾個小小的建議，希望你們能聽進去。」

「什麼建議？」吳僅弦趕緊追問。

「你們的主唱創作能力不錯，不過高音的爆發力比較不足，這個問題不大，公司可以幫忙培訓，鼓手有時拍子不太穩，不過看得出來對音樂很有熱誠，有自己的風格。」魏升庭的是視線停留在陳晨身上，緩緩開口：「至於鍵盤手……彈得很好，但我聽不出什麼特別之處……」

此話一出，剛剛歡快的空氣瞬間凝結了。所有人的視線都停留在陳晨身上，而陳晨的臉上則是少見地出現了錯愕的神情。

時間彷彿停止了，直到白言讀懂男人話語中的背後意思，才一甩腦袋，將名片還給魏升庭，「陳晨是我們重要的樂團成員，我們不會拋棄他。」

魏升庭笑了下，「你不用急著回答我你們的決定，這是個很難得的機會，名片你先留著吧。」

隨後魏升庭揮了揮手，離開後台。

白言把名片塞進口袋中，拍了拍陳晨的肩膀，：「別放在心上，我們去吃慶功宴吧。」

「好。」陳晨乖巧地點點頭，語調依舊起伏不大，但能明顯感覺到他心情有些低落。

葉宥心在慶功宴上直接喝嗨了。其實喝嗨不要緊，偏偏他喜歡混酒又愛逞強，沒過多久就已經醉到不省人事。

陳晨只點了一杯可樂。他看了一眼手錶，在時間轉到十點半時站起身，淡淡地說：「快十一點了，到我的睡覺時間了，我要先走了。」

白言點點腦袋，指了下倒在旁邊的葉宥心，「你可以順便把他帶走嗎？他已經沒辦法喝了。」

「誰說我沒辦法喝了！」葉宥心大聲抗議著，舉起酒杯，「我一個堂堂優性Alpha，怎麼可能喝這麼一點就倒……嘔！」

白言冷眼看著葉宥心，「就是這樣，他不能喝了。」

要是讓葉宥心繼續喝下去，恐怕會出事。

陳晨嘆了口氣，先叫了班計程車，接著把葉宥心攙扶起來，扛在肩膀上，拖著對方往外走。

葉宥心半路上還在吵著要繼續喝酒，不過吵到一半就好像累了，乖乖被陳晨塞進計程車中，報上宿舍地址……這還是陳晨第一次看葉宥心喝得這麼醉。

最後，陳晨幾乎是把葉宥心拖回家中，畢竟不管怎麼說，葉宥心仍是位高大的優性Alpha。

陳晨最終氣喘吁吁地把葉宥心扔在床上，又看了一眼掛鐘，已經過十一點了，他的作息就這樣被葉宥心輕易打亂……這已經不是第一次了。

葉宥心就像出現在他規律生活中的一個bug，簡直拿他無可奈何。

「你啊……」陳晨坐在床邊，捏著葉宥心的臉頰，「老是說自己是優性Alpha，眞的有那麼重要嗎？」

「重要。」葉宥心漲紅著臉，眼神迷離地說：「你是Beta，所以你不會懂。身爲Alpha，我一直覺得自己會找到値得標記的Omega，與他結婚生子，共度一生。」

陳晨沉默了下，隨後靜靜地開口：「爲什麼一定要是Omega呢？Beta就不行嗎？」

「啊？」葉宥心詫異地瞪大了眼。

「Beta在你的心中就那麼沒有存在感嗎？Beta沒有費洛蒙，但我們一樣能給予陪伴、給你安慰。」陳晨望著葉宥心迷離的雙眸，語氣很輕，卻每個字都滲入了葉宥心的心底，「爲什麼你就是看不上Beta呢？」

「我也不是那個意思。」葉宥心忽然有些慌亂，「你爲什麼會這麼想？」

陳晨眨了眨眼，「我也不知道。」

葉宥心呆呆地望著對方，陳晨的身影倒映在他的眼底……如果是Beta的話可以嗎？他從沒想過這個問題，也就不知道該怎麼回答陳晨。

♪

結束比賽後，樂團又回到了以往的排練節奏。

這天，白言拿出一個資料夾，放在其他團員的面前，「這是我之前創作的一些歌曲，最近我把譜整理了一下，你們聽聽看吧。」

陳晨隨手抽了一張名爲〈雨季〉的譜出來，在琴鍵上試了一下主旋律。

這是一首很好聽的歌，旋律輕快，帶著一種特殊的躍動感，不過歌詞意外憂傷，講述著一場無果的愛戀。

陳晨低頭仔細看著那張譜，平靜的語氣中隱藏著激動，「我喜歡這首歌。」

「眞的嗎？太好了。」白言湊過來，指著鍵盤的部分說道：「不過這首歌我把鍵盤的旋律寫得比較複雜，希望練起來別太辛苦。」

「我會努力的。」陳晨乖巧點頭，然後看著白言好看的側臉，不禁有些羨慕。雖然白言是男性的Omega，卻有著不輸女性的精緻輪廓，看上去很是清秀……這就是葉宥心喜歡的模樣。

陳晨垂下腦袋，忽然不確定自己在想什麼，現在的他就像一個荒謬的小丑，總是待在葉宥心的身旁打轉，不斷因爲對方打破原則。他其實不太確定這種感覺是好是壞，然後又突然想起比賽那天魏升庭的言外之意……

白言突然拍了下陳晨的肩膀，「我還有另外一首正在寫的曲子，因爲想嘗試不同的風格，所以鍵盤的部分還在調整，再等我一下。」

「好。」

「等我們這兩首新歌和比賽那首歌都錄好demo，我就拿去給魏升庭聽。」白言語氣篤定，「一定要讓他認同我們整團的實力！」

陳晨聞言露出微笑，其實他已經決定了，幫樂團錄完這幾首歌的demo後，就打算退團。他不想拖累樂團的發展，也想藉此暫時遠離葉宥心，以恢復正常的生活……

吳僅弦上完課回家時，看見的是趴在桌上睡著的白言，不自覺露出微笑。

自從同居之後，吳僅弦越來越常看見白言少見的一面，這讓他很高興。雖然同居生活不是完全沒有摩擦，白言的生活自理能力非常低落，不會煮飯，衣服也很常亂丟，他耳提面命了好一陣子才改善。

吳僅弦湊向白言，輕輕在他的髮梢上落下一吻，小蒼蘭的氣息朝他撲來。

白言因爲這個碰觸而醒了過來。他揉了揉眼，抬起腦袋有些迷糊地說：「你回來了。」

「對，剛回來。」吳僅弦又親了一下白言的額頭，看著散落在桌面上的樂譜，「你今天都在寫曲嗎？」

「對，我想嘗試一點不一樣的東西，不過不太順利。」白言苦惱地抓起一張樂譜，指著中間說：「我以前作曲都以抒情爲主，現在我想創作一首搖滾一點的曲子，還希望能有古風電音元素，然後在中間加上一段說唱，但是……」

「有什麼問題？」

「就是……我rap唱得不太好，葉宥心和陳晨也沒怎麼接觸過，不知道能不能成功。」白言皺著眉。

「是嗎？讓我看看。」吳僅弦看著中間那串歌詞，隨口念了一下。

不念還好，一念白言就愣住了，過了幾秒才反應過來，抓著吳僅弦的衣領，「沒錯，就是這樣！」

「什麼？」

「你念得很好，就是這種感覺！」白言很是震驚，「沒想到你明明是個音痴，在說唱方面卻這麼有天賦嗎？果然上帝關了你一扇門，就會替你開另一扇窗啊！」

「呃……謝謝？」吳僅弦一時之間不知道白言是在誇他還是罵他。

「好，問題解決了，這段說唱就交給你了。」

吳僅弦傻住了，過了幾秒才反應過來，「我？說唱嗎？」

「歌詞你要改過或是即興都可以。」

「不是歌詞的問題！」吳僅弦都慌了，「白言，你是認真的嗎？你都忘了之前教我唱歌有多痛苦了？」

「以前是以前，現在是現在。」白言把譜壓到吳僅弦面前，幾乎是用半強迫的語氣說：「我就問一句，你到底幫不幫我？」

吳僅弦很無奈。他有得選嗎？他的Omega都開口了，哪裡還有機會拒絕？

「幫，哪次不幫？」吳僅弦接過譜，感覺自己半隻腳踏上前往地獄的路上，不過看見白言欣喜的模樣，又覺得一切都是值得的。

眾人再次於團練室見面時，白言交出了新的譜。

葉宥心一看就驚呼，「哇！這個曲風，你後期remix要花上點時間啊。」

陳晨也難得露出爲難的表情，「而且有一段說唱……」

「別擔心，我找到rapper了。」白言拍了一下站在身旁的吳僅弦，「說唱就交給他。」

葉宥心和陳晨同時露出不可置信的眼神，尤其是葉宥心，眼底直白地透出質疑，「他行嗎？他不是音痴嗎？」

吳僅弦輕咳了兩聲。他人還站在這裡呢，葉宥心也太沒禮貌了吧……

或許是Alpha天生互相競爭的心理作祟，吳僅弦直接開口，用說唱diss了葉宥心一段。

這一瞬間，團練室頓時陷入寂靜中，葉宥心更是臉色鐵青。

另一邊陳晨睜大了眼，隨後訝異地拍手說道：「眞沒想到……」

「我就說沒問題吧！」白言一臉自豪。他下定決心，一定要讓魏升庭認可他們！他要證明，只有這些團員，才能創造出他們的音樂。

團練結束之後，陳晨把譜收進背包中，準備離開。

然而他還沒踏出團練室，葉宥心就從後面追了上來，拉住他的背包，「你等一下要去哪裡？」

「五點了，到我的吃飯時間了。」陳晨的語氣理所當然。

「我跟你一起去吃飯。」葉宥心搭上陳晨的肩，開始大聲抱怨：「白言現在老是和吳僅弦同進同出，眞是的，我不好意思去當電燈泡，你陪我吧。」

陳晨露出難以察覺的微笑。有葉宥心的陪伴，他很開心，開心到他這次難得主動提出邀約：「吃完飯我要去看藝術展，一起去嗎？」

聞言，葉宥心愣住了。

以爲葉宥心的沉默代表了不願意，陳晨有些不安地說：「不要也沒關係。」

「願意願意，我只是有點驚訝罷了。」葉宥心笑著拍了拍陳晨的肩膀，「沒想到你是會看藝術展的人啊？」

「嗯，因爲是我哥的藝術展，我想還是去看看比較好。」陳晨語氣很平靜。他也有一陣子沒和家裡聯絡了，難得哥哥開了巡迴展覽，感覺要去支持一下。

吃完飯後，兩人來到展覽空間。葉宥心沒有看過藝術展，一入場就被五花八門的主題性裝置藝術震撼得呆住了。

這些是什麼東西？完全看不懂！再看一眼四周展品的價格，他更傻了，是貧窮限制了他的想像嗎？

葉宥心戳了下站在身旁的陳晨，壓低聲音問：「你哥是有錢人嗎？這些畫的價格都是天文數字啊！」

陳晨歪著腦袋，語氣帶著困惑，「還好吧？我家裡掛的畫貴多了。」

葉宥心下巴都快掉下來了，陳晨家原來這麼有錢嗎？完全看不出來啊！實在按捺不住好奇心，葉宥心忍不住提出請求：「聽起來很厲害，有機會我能去你家參觀嗎？」

陳晨頓了頓，隨後點了點頭，「我沒帶朋友回家玩過，不過好像很有趣，有機會的話可以。」

「你有和家人提過自己的團員嗎？」

「稍微提過，他們也很支持我玩樂團，畢竟我從小就學古典鋼琴，樂團剛好能讓我繼續彈琴。」

「你家眞有藝術氣質。」

陳晨抿嘴笑了笑，「的確，我媽是平面設計師，我爸是音樂劇演員，我哥又是出名的藝術家。雖然家裡當初沒有人能看懂我哥到底在畫什麼，不過大家還是支持他。」

葉宥心站在一張覆蓋了整面牆的畫前，深吸一口氣。這幅畫儘管橫跨了整面牆，上面卻只用一種深藍色顏料來回刷動，留下了各種筆觸的藍。

「恕我直言。」葉宥心看著那幅畫，心虛地說：「我也看不懂你哥的畫。」

陳晨難得笑出了聲，「沒關係，我也不懂，所以要用心感覺。」

葉宥心再次轉向那幅畫，拋開腦中的雜念，看著畫上深深淺淺的藍色軌跡，像是湛藍海浪的波紋，像是一望無際的天空，像是風中的笑聲，像是一種難以言喻的溫度。

他最終仍然看不懂那幅畫，不過又覺得眼前的色彩看上去越來越有趣，就像是陳晨。他不懂陳晨，但是待在對方身旁時永遠不會無聊，而且越看越覺得陳晨可愛。

思及此，葉宥心有些心驚。他忽然發現自己很常想起陳晨，而且還總跟陳晨待在一起。

他忍不住望向身旁的人，陳晨的身上很乾淨，只有淡淡洗衣精的氣味，沒有任何費洛蒙，是一個徹底的Beta……他現在才真正意識到，Beta其實也沒什麼不好，陳晨就很好。

♪

白言站在錄音室中，隨意刷了幾個吉他的合弦。

「大家準備好了嗎？」吳僅弦站在一旁，表情有些緊張，「我們只租了這個錄音室兩個小時，兩個小時內要錄好三首歌。」

他當初沒想到租錄音室會這麼貴，他們樂團的經費有限，必須抓緊時間。

「那就快點開始吧。」葉宥心迫不及待敲著鼓棒，看上去非常興奮，陳晨也跟著點頭。

這是他們第一次進正式的錄音室，對一切都感到十分新鮮。

白言走到麥克風前方喊了幾聲，測試麥克風的性能，確定沒問題後比了個OK。

吳僅弦按下錄音鍵的瞬間，演奏聲有默契地響起。

白言微笑著，閉上眼唱出溫柔的歌詞，悠揚的歌聲比任何話語都還要有力量，所有的音符都是他回憶的碎片，不想忘記的事情，就用歌聲記下吧。

他又想起了那年夏天，他和吳僅弦一同含著冰棒，坐在海邊等待風來的時光，當時的天空很藍、陽光炙熱，他們的衣襬隨風飄蕩。那時只有他和吳僅弦兩個人，如今和他一起唱歌的人變多了，不禁讓他熱血沸騰。

等到夏季再次來臨時，他們一起去海邊玩吧。

儘管時近冬季，氣溫驟降，白言卻彷彿感受到了夏日的溫暖。這種感覺難以言喻，所以他只能把感情融在歌聲中，高聲歌唱。

錄音結束後的白言很興奮，拉著吳僅弦就要去送demo。

目送著白言和吳僅弦騎車離開的背影，葉宥心將手枕在頭後方，邊走出錄音室邊讚嘆：「白言的狀況很好啊，雖然他平時歌聲就有種特殊的空靈感，不過這次感覺特別不一樣，總覺得很像……很像……某種特殊的……」

「很像青春吧。」陳晨淡淡回應。他一直覺得白言的歌聲和歌詞很特殊，有一種尚未打磨過的純粹，帶著點青澀、瑕疵，讓人聽了忍不住微笑。

「對對對，就是那種非常特別的感覺！」葉宥心興奮地指著陳晨，「就知道你懂！」

陳晨抿了抿唇，突然想起自己加入樂團的那天。

他記得那是個夏日的午後，連風中都帶著炙熱的高溫。他悄悄溜進學校無人使用的團練室，只爲了躲避外面的豔陽。

陳晨抱著課本，坐在團練室的一角，片刻後，突然傳來開門的聲音，有人走了進來。他抬起頭，視線撞上來人。

那人好奇地看著他，「你是新社員嗎？以前沒見過你。」

「我……是。」因爲怕被拆穿，陳晨只好硬著頭皮回答。

「你是玩什麼樂器的？」

陳晨掃了一眼團練室，目光停留在一架電子琴上，「我玩鍵盤。」

「眞的嗎！」男子眼底忽然出現亮光，「能彈給我聽嗎？」

「這……」陳晨心虛了起來，說話都沒了底氣，「好吧。」

他不情願地走向那架電子琴，將雙手放在鍵盤上……他其實沒怎麼聽過流行樂，所以打算隨便彈點什麼打發這個人。

陳晨深吸了口氣，手指開始飛快地在鍵盤上跳躍，彈著一首他之前練過的奏鳴曲，輕快的音符在他細長的指尖流淌，就像是清泉一樣沁人。

電子琴的鍵盤比鋼琴輕很多，也沒有踏板，陳晨有點不習慣。他皺著眉彈完一曲，心想自己彈得眞差……然而當他回過頭時，見到的卻是那人目瞪口呆的表情。

「怎麼了？」陳晨有些不安。

「你……你太厲害了！彈得眞好！」對方忽然握住他的手，激動得表示：「我最近在組樂團，你要不要來當我們的鍵盤手！拜託了，我們需要你！忘了自我介紹，我叫葉宥心。」

聽見葉宥心這麼說，陳晨頓時張大了雙眸……這個人說需要他。

陳晨從沒聽人對他說過這句話。他在一個藝術世家長大，父母和哥哥都各有才華，只有他平凡無奇，儘管從小就被重點栽培音樂和藝術相關技能，但表現始終不算亮眼，沒有人特別關注他，好像自己的存在可有可無。

陳晨沒有志向，也不知道未來要做什麼，高中畢業後就申請外縣市的大學，只爲了逃避他閃閃發亮的家人們。

看著發揮不同才能的家人，陳晨感覺自己很渺小，渺小到這個世界並不需要他——只有葉宥心說了需要他。

陳晨看著面前的葉宥心，忽然感覺心跳加速，呼吸難得紊亂……他很想被人需要。

就在那一天，他被葉宥心拉入了樂團中。

陳晨望著此刻在他面前開心談論著白言獨特之處的葉宥心，嘴角牽起一抹淡淡的苦笑……都是這個人的錯，害他誤以爲自己在他心中是特別的、獨一無二的存在。

♪

魏升庭看著出現在面前的白言和吳僅弦，無奈地嘆氣。

「你們來得也太臨時了吧，好歹先跟我說一聲。」魏升庭打開電腦，把demo的檔案複製出來，隨後播放音樂。

聽得出來他們並不習慣錄音室的環境，聲音有時不太穩定，然而白言的聲音很溫暖，補足了歌曲的瑕疵。

魏升庭摸了摸下巴，點點頭。

他就知道自己看人的眼光不會錯，畢竟當年他也是名聲響亮的樂團主唱，只不過在最風光的時刻選擇引退，轉爲幕後音樂製作人。這在當時可是大事，可惜隨著時光流逝，現在的年輕人反而不怎麼知道他了。

魏升庭聽完三首曲子，淡淡地說：「編曲和歌唱方面都還有調整的空間，但是我願意栽培你們。」

「太好了！」白言開心地跳了起來，直接抱住了吳僅弦。

「不過我之前和你們說過的話，你們決定得如何？」魏升庭緩緩開口：「你們的鍵盤手換人了嗎？」

白言篤定地搖頭，「不換！這些曲子的鍵盤旋律都是由陳晨負責，他對我們而言很重要。」

魏升庭瞇起眼，笑了起來，「我知道了，就這樣吧。」

「什麼？」沒想到魏升庭會贊同自己的想法，白言呆住了，「你不爲難我們了嗎？」

魏升庭的眼底浮現一抹懷念，「你們讓我想起自己當年的樣子，如果那位鍵盤手對你們而言是特別的，我會尊重你們的想法。」

白言眨了眨眼，語帶困惑，「你的意思是？」

「你們通過測試了，下週一帶你的團員們來，我們簽約合作吧。」

聞言，白言突然氣得罵道：「你當初就不該當著陳晨的面說要換掉他！」

「你這是對待音樂製作人該有的態度嗎！你趕快把即將簽約的好消息告訴他不就好了！」

然而站在一旁的吳僅弦乾笑了兩聲，拿起手機，「不行，出事了，陳晨說他要退團，剛剛連群組都退了。」

白言望向魏升庭的視線簡直可以殺人，「魏先生，如果眞的是你害我們失去重要的團員，我絕對不會答應合作！」

語畢，白言扯著吳僅弦的手就往外跑，看起來是想去找已經離開的陳晨。

魏升庭佇立在原地，思考著自己剛剛是被威脅了嗎？而後忍不住扶著額頭笑了起來，接著又想起自己樂團解散演唱會的那天……他們都曾經青春熱血過。

魏升庭再度播放剛剛的demo，這次他閉上眼，仔細聆聽白言的每一個咬字。白言少年的音色像是一陣風，吹開所有人的記憶，將人帶回或許輕狂、或許丟臉、或許無畏的過去。

他希望白言能永遠這樣，即使經歷風雨，歸來仍是少年。

陳晨躺在老家畫室的地板上，手機螢幕顯示好幾通未接來電，都是團員們打來的。他閉上眼，把訊息全都清空。

十二點了，是吃午餐的時間，陳晨卻不想動，腦中忽然就想起他們樂團演奏過的歌曲，他下意識敲擊指尖。

♪

他記得自己前幾天是如何提著簡單的行李，緩緩走出宿舍，踩著長長的影子走到公車站。

等車的途中，他拿起手機，打開樂團群組，看著曾經的對話紀錄，還有表演行程表。隨後他敲打著手機鍵盤，在留言欄留下訊息，「抱歉，我必須退團了，謝謝大家這陣子的照顧。」

他很謝謝樂團的成員們，讓他做了一場美夢。有時他很嫉妒白言，嫉妒他的才華、他的勇敢、他乾淨的眼神，然而只要一聽見白言唱歌，他就知道自己永遠不會討厭對方……他不可能討厭一個擁有如此純粹歌聲的人。

「怎麼不下來吃飯？不是最重視準時了嗎？」

一道柔和的聲音從陳晨的頭上響起，他抬起眼，看見哥哥陳斌坐到了身旁的地板上。

他的哥哥是位優性Omega，面容白皙斯文，留著略長的頭髮。陳斌原本就極有藝術天賦，又因爲是個優性Omega，繪製的作品很多都與費洛蒙有關。

那是屬於優性人類的世界，流竄著不同氣味，以及無法克制的原始慾望——也是陳晨不懂的世界。

陳晨淡淡道：「不會餓。」

「你在煩惱什麼嗎？」陳斌一下子就看穿了陳晨。

畢竟身爲從小一起長大的兄弟，陳斌對於陳晨的性格再清楚不過了，只有煩惱的時候，他才會打斷自己的生活節奏。

陳晨也知道瞞不過對方，因此幽幽說道：「哥哥，你眞好，從小就知道自己擅長什麼。」

「是嗎？」陳斌笑了起來，「我倒是很羨慕你呢，從小我就知道自己會當藝術家，所以就一直往繪畫的方向前進不曾改變，不像你，可以到處探索，什麼都能試一試。」

「可是我都試到現在了，還是不知道自己想做什麼。」陳晨茫然地眨著眼。

陳斌揉了揉陳晨的髮絲，溫柔地說：「我覺得你已經知道了，因為你已經遇到重要的朋友們了，不是嗎？這時候你就別想太多，跟隨自己的心走吧。」

陳晨的腦海浮現樂團成員的臉孔——隨心所欲的白言、嚴謹認真的吳僅弦，還有熱情衝動的葉宥心。

尤其是葉宥心……他很想念葉宥心的笑臉，想念和對方相處的點點滴滴。

不過說來也怪，陳斌怎麼知道這些人？

陳晨抓住陳斌揉亂自己頭髮的手，頗為困惑地開口：「你怎麼知道我交到朋友了？」

「你說過自己組了樂團，不是嗎？」陳斌笑了出來，「更何況那些人都追到家裡來了，我能不知道嗎？」

陳晨瞬間愣住……追到家裡來了？什麼意思？還沒反應過來，他就聽見一陣急促的腳步聲跑上二樓，畫室的門猛地被推開來。

只見他的面前站著帶著笑容的白言、一臉無奈的吳僅弦，以及氣喘吁吁的葉宥心。

陳斌攤了攤手，「如果不是重要的朋友，應該不會追到家裡來吧。」

他們找到陳晨家的過程可說是曲折離奇。

葉宥心去看過陳斌的畫展，得知對方是位著名的藝術家，老家位在台南，還在他的官方網站上找到了陳斌的合作郵件信箱。

於是葉宥心主動寄信聯繫陳斌，把一切告訴對方，並告訴他陳晨離開學校了，他們怎麼也聯繫不到陳晨。

陳斌一開始還以爲這是什麼糟糕的惡作劇，所以並沒有理會，誰知道當天晚上他就在家見到了一臉心事重重的陳晨。

這下陳斌知道事情沒那麼簡單了，於是他主動聯繫葉宥心，並且通了電話，確認葉宥心確實是陳晨的朋友，他們急著找陳晨，是怕他出了什麼事情。

陳晨站在一群大男孩的中間，聽著周遭的人七嘴八舌地解釋。

「都是魏升庭不好，說什麼要換掉你，都是騙人的！」白言氣得跺腳，「我已經幫你罵他了。」

不等陳晨反應過來，吳僅弦就又湊過來說：「十三號我們一起去簽約吧，魏升庭聽了demo，願意栽培我們出道。」

「包括我嗎？」陳晨很是驚訝。

葉宥心氣得捶了一下陳晨，「當然包括你，要換成別的鍵盤手，我們還不願意呢！」

「可是……」陳晨還是有些猶豫。

吳僅弦再次強調：「別可是了，大家都希望你回來。」

陳斌走向吵吵嚷嚷的一群大男孩，用溫和的嗓音問道：「你們還沒吃飯吧？台南有很多好吃的，要不要讓陳晨帶你們出去逛逛？」

此話一出，所有人的眼睛都亮了。

陳晨在眾人炙熱的視線中，硬著頭皮說：「我沒有車……」

「沒事，你可以開我的車。」陳斌掏出一串鑰匙，拋向陳晨，「好好和朋友去玩吧。」

眾人離開畫室來到車庫，一看到陳斌的車，一群大學生又沸騰了。

陳斌居然讓他們開保時捷！

「讓我開讓我開！」葉宥心興奮地朝陳晨伸出手。他這輩子第一次坐上保時捷，絕對不能放過這個機會！

陳晨乖乖遞出鑰匙，隨後一群人迅速擠上車，期待地看著葉宥心發動引擎。

白言興奮地拉下車窗，忽然感覺到車子瞬間衝出車庫，然後又一個急煞。

坐在車上的所有人都沉默了，不禁懷疑葉宥心是不是不會開車……

第一個反應過來的人是白言，他用力巴了一下葉宥心的腦袋，「你給我從駕駛座上下來！吳僅弦，換你開！」

葉宥心無辜地開口：「可是……」

「不要可是了，這是保時捷，撞壞了你賠得起嗎！更何況你開車技術這麼差，我可不想在簽約前就去世！」白言怒吼。

葉宥心這才不甘願地熄了火，拖著身體下車，把駕駛座交給吳僅弦。

吳僅弦重新發動車輛，回頭對著眾人問道：「所以我們要去哪裡？」

「先去吃飯。」白言抬起手，「然後我們所有人一起去海邊吧！」

傍晚，抵達海邊後，眾人各自解散遊玩，而白言則是拉著吳僅弦的手，沿著沙灘緩緩前進。

空氣浸潤著海水的氣味，白言抬起腦袋，看著遠方逐漸落下的斜陽。

「白言，你還記得嗎？」吳僅弦輕輕地說：「高中的時候，我帶你去海邊看夕陽。」

「當然記得。」白言彎起嘴角，「我記得是因爲一篇作文吧。」

「沒錯，關於回憶的作文。」

「結果我在你面前倒下了。」

「的確也是留下了不可抹滅的回憶。」吳僅弦也露出笑容。

白言忽然抓住吳僅弦的背，興奮地說：「你背我吧。」

吳僅弦乖乖蹲下，讓白言爬到背上，「背你做什麼？」

「跑！」白言在吳僅弦的耳邊笑了起來。

吳僅弦一下子明白了。於是他迎著風，帶著白言的重量跑了起來。

這次吳僅弦不怕時間追上他們了。

白言趴在吳僅弦背上，感受對方身上英國梨的香氣，以及流逝而過的風景，腦中充滿了美麗的旋律。

他抱緊吳僅弦，在他耳邊哼出了新曲，且不斷重複著一句歌詞——你是屬於我的盛夏。

葉宥心坐在海灘邊的空地上，看了看手錶，又看了看已經西沉的落日，不悅地咬牙，「不是說好七點半準時集合嗎，吳僅弦和白言去哪了？」

陳晨搖了搖頭，「他們一定玩到忘記時間了。」

「可惡，居然敢放我們鴿子！」葉宥心不滿地抗議。

「你說誰放鴿子？」白言的聲音冷不防從背後出現，葉宥心嚇了一跳。

吳僅弦牽著白言的手，跟著走了過來，「我們只是晚了五分鐘回來而已，稱不上放鴿子吧。」

「回來了就好。」葉宥心從後背包中拿出一束仙女棒，往每個人手中塞了一根，「我們來玩這個吧。」

「這是什麼？」陳晨一臉茫然。

「仙女棒，我剛剛在夜市買的。」葉宥心拿出打火機。

語畢，葉宥心一個個點亮每個人手中的仙女棒。

火光四散，他們手中的仙女棒宛如閃爍的煙火。

陳晨一開始嚇到了，不過很快就揮舞起仙女棒，興奮得上跳下竄。

葉宥心很快就加入他，兩人拿著仙女棒，像個孩子一樣興奮地在空中畫著各種圖案。

吳僅弦和白言則是站在一旁，看著彼此手中閃爍的火光，不約而同地想起五年前，兩人在海邊看煙火的那天，那樣肆意青春的夏日，似乎又重回到他們身上了。

唯一不同的是，他們現在有更多朋友，一切變得更加熱鬧了。

待仙女棒的火光漸漸微弱，吳僅弦看著白言被火光照耀得忽明忽暗的側臉，露出欲言又止的表情。

片刻後，吳僅弦一咬牙，下定決心，也許就像仙女棒綻放的火花一樣，能開口的機會轉瞬即逝。

「白言！」吳僅弦忽然喊了一聲。

「怎麼了？」白言嚇了一跳。

吳僅弦鼓起勇氣，用仙女棒剩餘的火花，在半空中畫了一顆歪七扭八的愛心，「其實我回來的時候一點底氣也沒有，我很怕你已經被其他人標記了，也很怕你不願意接受我。」

「你在說什麼？」白言困惑地歪著腦袋。

吳僅弦深呼吸了幾次，最後猛地大聲喊道：「白言！我愛你，我一直都很愛你！」

白言呆了呆，隨後笑了起來。他抓著熄滅的仙女棒，走到吳僅弦面前，捧住對方的臉，輕輕在吳僅弦的唇上落下深情一吻，「傻子，我早就知道了。我也愛你。」

那是吳僅弦看過最好看的笑容。

隨後葉宥心和陳晨從遠處走來。葉宥心擦了擦身上的汗水，朝他們說道：「回去吧，時間晚了！」

「回去的路上順便買一份消夜好了，我請客！」白言回應道。

葉宥心無奈地說：「每次你這樣說，最後都是吳僅弦付錢。」

「沒關係，我樂意。」吳僅弦彎起嘴角。

葉宥心聞言心忍不住翻了個白眼，「吳僅弦，你也太慣著白言了，他會被你寵壞。」

「反正吳僅弦願意！」

「眞是的。」葉宥搖搖腦袋，「好吧，有人付錢就好。」

「我們回家吧，回家再慢慢聊。」陳晨下了個結語。

迎著晚風，頭頂星光，四個人並著肩，吵吵嚷嚷開始往回走，那是他們永遠不會忘記的一天。

二〇二三年

魏升庭拿下耳機，在錄音室裡對著白言搖了搖頭。

「還是不行嗎？哪裡不行？」白言嘆口氣，把監聽耳機取下後問：「是旋律不好聽嗎？還是編曲有問題？」

「不，你這幾首歌都寫得很好，副歌輕快洗腦，節奏感強，公司一定也會很喜歡。」

「那你為什麼搖頭？」

魏升庭頓了頓，隨後說出實話：「我只是有點想念你以前的曲風，雖然旋律簡單而且編曲青澀，不過帶著一股沒有打磨過的衝勁，聽上去很特別。」

「什麼意思？我現在的曲子不特別了？」白言有些不滿。

「你知道我不是那個意思。算了，我還是不要多解釋好了，以免影響你近期的演出狀態，祝你明天節目錄製順利。」

「謝謝。」白言點點頭，背著吉他走出錄音室。

吳僅弦等在錄音室外，他穿著一身合身的黑色西裝，一見到白言就大步走過去，「新曲沒什麼問題吧？」

白言想了想，不知道該怎麼開口，只是點點頭，「沒什麼大問題，應該可以準時開始錄音。」

「那就好。」吳僅弦溫柔地摸了摸白言的頭，「辛苦了，你準備一下，我們等一下要去錄綜藝節目了。」

「好，你再跟我說一遍節目流程。」

「這是一檔作曲綜藝，節目會邀請幾名歌手和作曲家兩兩組隊，大家在一週內要做出多首曲子。順帶一提，你的搭檔已經內定周夏了。」

「我明白了。」白言嘆了口氣。

他們已經出道五年了，隨著樂團的粉絲增長，承受的壓力也跟著增加，現在他們不只是單純的樂團，還要配合接下各種通告。

吳僅弦捧著白言的臉，和他貼緊額頭，「我知道你不喜歡錄綜藝節目，不過這次公司態度很強硬，希望你能幫忙增加樂團的知名度。抱歉我沒能幫你擋下這份工作。」

「沒關係，我懂。」白言環著吳僅弦的頸子，「給我一點你的費洛蒙。」

吳僅弦順勢抱住白言，英國梨的香氣竄了上來，讓白言心情平靜不少。

只要吳僅弦還在，白言就覺得自己能夠不畏風雨繼續前進。

白言記得他們剛開始不是這樣的。

剛出道的時候，他們滿懷希望，以爲發行唱片之後就能走得一帆風順，卻被現實狠狠打了一巴掌。

儘管他們曾經獲得了最佳新人獎，得到了不少的關注。然而，人們總是善變，每年總會出現新團體，以及更有趣的藝人，才沒過幾年，他們樂團的知名度迅速下滑，讓他們必須開始執行搶救方案。

於是樂團的成員不得不分開，各自參加綜藝活動、線上直播，只爲了能多接一些廣告代言，吸引人們的目光。

葉宥心是他們其中發展最好的人。他外向活潑，常常在各種節目中表現幽默感，大方的個性吸引不少粉絲。

陳晨則是開設了一個屬於自己的YouTube頻道，每隔幾天就會上傳彈琴的影片，清秀的面容加上神祕的個性，也讓他開始累積粉絲，甚至開始涉足演戲相關的工作。

白言則感覺自己在原地踏步。團員們好像都已經漸漸發展出自己的方向，他卻困在原地，寫的歌雖然好聽，卻不賣座，也沒再得獎，簡直像是他在拖累樂團成員。

白言背著吉他，呆呆站在捷運站前，等著列車進站，他的手輕輕顫動著，憑空壓出幾個和弦，卻又很快停了下來……寫不出來了，什麼歌都寫不出來。

他麻木地抬起臉，看見前方廣告牌上印著葉宥心的臉。或許他也該轉換跑道了，好好上通告，提升自己的知名度，才不會被時代淘汰、被樂團丟下。

深深嘆了一口氣，他想著自己近期大概必須和吳僅弦重新談談未來發展的新方向了。

半晌過去，白言一臉厭世地踏入綜藝節目《限時作曲》的拍攝地。

這次白言的合作搭檔是一名叫作周夏的偶像，她是位臉部輪廓分明的女性優性Alpha，戴著特殊的十字架耳環，留著一頭俐落帥氣的短髮。她一見到白言就熱情地打招呼，朝白言伸出手，「你好，我叫周夏，你呢？」

「白言。」白言伸出手，握住周夏的手之前，就先感受到對方帶著刺激氣味的費洛蒙，沉熟穩重的雪松氣味瀰漫在四周，彷彿秋天來臨的氣味，聞起來是很強勢的費洛蒙，甚至比葉宥心的更加強烈。

Alpha費洛蒙的氣息讓白言下意識皺起眉，不過隨即發現有攝影機在拍他，趕緊尷尬地擠出微笑。面前的這位周夏來頭不小，是現在偶像圈的當紅明星，她的粉絲他得罪不起！

所謂的眞人秀，根本非常不眞實啊！一大堆攝影機對著他，怎麼可能表現得眞實！白言忍不住想。

就一個禮拜，這檔眞人秀就結束了，他就能好好回去練團。白言深吸一口氣，努力說服自己。

周夏覺得這位和自己合作的Omega很有意思，明明是個優性Omega，但每當聞到她費洛蒙時卻總露出抗拒的表情。不得不說，這引起了她的注意。

周夏回到房間時，正好看見白言趴在桌面上，不知道在寫著什麼。

此時攝影團隊剛好在拍其他嘉賓，因此沒有人跟著他們，周夏走到白言身後，還沒靠近，白言就警戒地轉了過來，簡直像隻受驚的貓。

周夏直接笑了出來，「你沒必要這樣躲著我吧？」

「躲？什麼躲？我哪有躲妳？」白言嘴上這麼說，卻悄悄把椅子往後挪了幾公分。

「還說沒有？」周夏雙手抱胸，興致高昂地說：「你討厭我的費洛蒙嗎？」

「不討厭！」迫於形勢，白言也只能說不討厭。

「說謊，你是被公司逼來的吧。」周夏微笑著，指著白言，「在這種環境下，怎麼可能寫出好歌，你是這麼想的，對吧？我看得出來。」

白言有些錯愕，下一秒他撲了上去，摀住周夏的嘴，「小聲點，不要被導演組聽見！」

周夏撥開白言的手，「我剛剛確認過了，現在沒有攝影團隊跟著我們。」

白言這才鬆了口氣。他坐回椅子上，侷促不安地問：「妳不會和導演組說什麼吧？」

周夏摸著自己的耳環，「不會，我也是因爲公司因素被迫過來錄節目，和你算是同病相憐吧。」

「妳也是？」

「是啊，而且能不能作曲根本不是重點，重點是討論度。」周夏攤手。

「我懂。」白言點頭如搗蒜，「我的公司也是這麼想的，但我不知道怎麼樣才會有熱度。」

「既然如此，我們要不要聯手？」周夏露出狡黠的笑容，「和我炒爲期一週的CP吧。」

白言愣了下，這個邀請聽起來居然還不錯。他難掩心動地說：「妳打算怎麼做？」

「先從最簡單的開始吧。」周夏取下其中一邊的耳環，遞給白言，「我們交換其中一邊的耳環吧。」

《限時作曲》一播出就直接上了網路娛樂新聞頭條，這也是白言第一次上到這個版面。但不是因爲他的作品，而是因爲他和周夏交換了耳環。

白言不禁感慨著周夏的力量，當紅偶像就是不一樣，連交換個耳環都可以上頭條。

由於上了頭條，白言之前的幾支歌曲點擊率也忽然增加不少，顯然是周夏的粉絲被導流過去了。

就連節目組也食髓知味，巴不得天天繞著白言和周夏拍。

深知娛樂圈調性的周夏也很配合，偶爾就會和白言來點肢體接觸。

除了CP粉之外，當然也有看不慣的人，隨著節目播出，謾罵白言的聲音也漸漸多了起來。

「白言？誰啊？長成這樣居然是優性Omega嗎？我眼睛簡直要瞎了。」

「沒聽過的樂團主唱，就是來蹭周夏的名氣，我看周夏根本就不想理他。」

「他的歌好難聽，難怪不紅。」

白言關掉手機，仰天躺在床上，突然覺得好累，累得不想繼續錄製下去。

夜深了，難得攝影團隊都不在，白言抓緊空檔，撥出了吳僅弦的電話號碼。

「喂，白言嗎？怎麼了？」

接通電話的瞬間，吳僅弦乾淨的聲音從手機中傳來，讓白言格外安心。

「吳僅弦。」白言輕聲地說：「抱歉，我不是故意要和周夏炒CP，我只是想要討論度。」

「我知道。」

「我好累。」

「我知道。」

「我不想錄這個節目了，不想接綜藝了。我反應慢，說話沒梗，每期節目都要靠周夏才會有鏡頭。」白言聲音帶上了委屈，「我不想再這麼做了。」

吳僅弦在電話的另一頭沉默了下，隨後無奈地說：「抱歉，現在公司需要藝人全方位發展，只靠音樂是行不通的，陳晨和葉宥心也都有各自的通告。」

「我明白。」

接著他們陷入了沉默。

和公司簽約之後，白言知道自己為公司創造價值是理所當然的事情，炒CP、引起話題、承受輿論……都是工作的一部分。只是，偶爾他還是會想逃。

他最開始會決定寫歌，其實只是因爲吳慬弦說了那句話，僅此而已。

「等你寫完了，一定要給我聽！我等你！」

他會開始唱歌，也只是因爲吳慬弦喜歡聽他唱歌，僅此而已。

白言閉上眼，深吸了幾口氣，輕聲地說：「吳慬弦，我想念你的費洛蒙。」

「我也是。」

然後他們再次陷入沉默。

片刻後，吳慬弦率先開口：「很晚了，早點休息吧。」

「嗯。」白言閉上眼，掛掉了電話，此刻他的腦中一片空白，一顆音符、一段旋律都沒有。

眞的要逼迫他寫歌，還是能寫得出來，只要刷上幾個和弦，多年的創作經驗還是能讓他創作出悅耳的曲子。只是這陣子，他時不時就會想起魏升庭的話，想起他當年腦中自然流露旋律的感覺。

隔天，白言一早醒來，發現自己居然又上了娛樂熱門話題。

《限時作曲》放出了一段被剪掉的片段，裡面有位工作人員隨口說了一句：「白言的身上有周夏費洛蒙的味道呢。」

當時周夏站得比較遠，沒聽見這句話，白言則是朝鏡頭露出一個溫和有禮的微笑。

這不是廢話嗎？他和一個優性的Alpha住在一起好幾天，身上不可能完全沒有沾染到對方的費洛蒙！白言忍不住在內心吐槽。

然而就是這樣一個小小的片段，讓白言再度被推到了風口浪尖上。

有人說，白言已經被周夏標記了，就算沒有標記，也一定有過親密行為。

無論如何，《限時作曲》的討論度又更高了，這檔節目儼然已經成為了收視率最高的綜藝節目之一。

白言覺得很厭世。節目組簡直掌握到了流量密碼，只要他和周夏同框，討論度一定翻倍，也正因爲這樣，過去被剪掉的畫面開始一點一點被放出來，吊足了粉絲們的胃口。

好不容易熬到錄製的最後一天，白言片拖著疲倦的身子回到房間，正好撞見了周夏正在講電話。

聚精會神的周夏根本沒注意到白言進了房間。只見平時總是游刃有餘的周夏，急敗壞地講著電話：「你最好給我說清楚，爲什麼出了這麼大的事不跟我說一聲！」

白言頓時睜大了眼，第一次看見這樣的周夏，簡直太新鮮了。他乾脆拉了一把椅子，直接坐在對方背後，就這麼看著她。

「手受傷了哪是小事？你不是就靠手工作嗎！什麼叫不想影響我工作的心情？你不告訴我，才會眞的害我緊張！」

不得了啊，看來周夏有心上人！身爲偶像的周夏，明明有禁愛令，卻控制不住自己的感情。正當白言以爲自己已經聽到最勁爆的部分時，周夏又猛地爆出一句：「你是我標記的Omega，我當然在乎你！」

白言驚得嘴巴都忘了闔上。

「總之下次這種事情不要自己藏著，要跟我說，知道嗎？」周夏嘆了口氣，語調轉爲溫柔，「明天我就錄完這檔綜藝節目了，之後就有空跟你見面了……嗯，我知道，晚安，我愛你，先掛了。」

周夏掛斷電話，一回頭就看見目瞪口呆的白言。

周夏身上的費洛蒙似乎感到威脅，因此瞬間爆發出來。她像是要把白言生吞活剝般質問：「你都聽見了嗎？」

白言吞了吞口水，害怕地縮了一下。他很清楚一個Alpha想保護自己的Omega時有多恐怖，「都聽見了，不過妳放心，我不會說出去，我保證！」

聽見白言的宣告，周夏的視線才慢慢從威脅轉爲冷靜。她坐到床上，用手摀著臉深呼吸了幾次，試圖穩住情緒。

白言看著周夏，好奇地問：「所以妳眞的標記了一個Omega啊？」

「眞的。」周夏苦笑著，「而且是在出道之前就標記了，只是因爲公司想將我包裝成偶像出道，所以才要我不准說。」

想到自己也是差不多的處境，白言有些同情。他起身走到周夏身旁，拍了拍對方的肩膀，「我懂，我也是早就有伴侶了，公司不讓我說，說我是主唱，而且還很年輕，這樣對形象不好，會流失粉絲。」

「眞氣人。」

「對吧。」

「你想過要解約嗎？」周夏比劃著，「解約就不用遵守公司那些規定了。」

白言苦笑了一下，「違約金太高了，我付不出來。」

這是事實，況且解約不是他一個人的事，攸關整個樂團的存亡。長得越大，他身上的枷鎖好像就越多，有時白言會想起當年，他帶著吳僅弦衝向海邊的時刻。當時的他覺得自己被困住了，被學校和家人困住了，現在想想，也許那反而是他最自由的時候。

周夏點點頭，緩緩開口：「我其實很想解約，出來開個人工作室，然後和愛人光明正大結婚。」

「眞好啊，我等妳的好消息。」白言微笑著，同時想起了吳僅弦。他們已經在一起這麼久了，他不禁好奇，吳僅弦有想過和他結婚嗎？

錄製完《限時作曲》的隔天，白言和周夏又一起上了娛樂新聞。這次的內容不是綜藝節目了，而是白言過去的歌曲被翻了出來，裡面有一句歌詞寫著「你是屬於我的盛夏」。

一時之間粉絲全亂了，紛紛瘋狂留言。

「都寫了夏天，這就是寫給周夏的歌吧！」

「沒想到我居然能在這裡吃到糖，CP粉喜悅。」

「我的CP原來是眞的！」

白言簡直要瘋了，那是他寫給吳僅弦的歌！因爲他們認識的時候正値盛夏，所以才會寫出那樣的歌詞！

就連吳僅弦看了也啼笑皆非。他望著動怒的白言，無奈地說：「白言，我知道你和周夏之間沒什麼。不過老實說，我都開始有點嫉妒了。」

白言氣得連費洛蒙都控制不住，整個人情緒都消沉下去，「吳僅弦，我要發聲明，告訴大家這不是寫給周夏的歌！」

吳僅弦苦笑了下，「發聲明又如何？現在的狀況公司求之不得。」

「我受夠了。」白言焦躁地抓著自己的髮絲，「無論是我，還是周夏，明明都已經有了伴侶，爲什麼還要被這樣說三道四。」

「這也沒辦法……等等，你剛才說什麼？」吳僅弦猛地回頭，「周夏也有另一半了嗎？」

白言一下子愣住了，過了幾秒後才心虛地開口：「我不該說的，拜託了，請你保密。」

「我當然會保密，我又不希望周夏丟掉飯碗！」吳僅弦壓低聲音，激動地說：「不過這是件大事啊！周夏的伴侶是誰？」

「我也不知道，我只知道周夏拚了命想保護那個Omega。」

吳僅弦看著白言失落的側臉，不禁握緊了對方的手，「白言，你知道我也會保護你的，對嗎？」

「我知道。」白言擠出一個微笑。

他當然知道吳僅弦會不顧一切保護他，他眞的知道。但他也知道吳僅弦的「不顧一切」已經和當年完全不同了。

年輕時的他們不顧一切，或許還能說是青春的天眞，現在的他們如果不顧一切，就只是可笑的魯莽了。

♪

這天，白言在錄完某個歌唱綜藝過後被記者攔下，一排麥克風擠到他面前。

「請問你和周夏是什麼關係？」其中一個記者喊道。

「我們是好朋友。」白言不安地回答。他其實一直都不習慣採訪，更不要說是突擊訪問。

「請問你對周夏有什麼感覺？」另一個記者冒了出來。

「她是我的好朋友。」白言努力擠出微笑，保持著官腔回答。

他總覺得事情有點不對勁，畢竟他應該還沒紅到會被記者追著跑。除非出事了……難道他在什麼節目上說錯話了嗎？

白言絞盡腦汁地回想。

「聽說周夏已經有情人了，這件事你知道嗎？」又一個記者猝不及防地拋出更勁爆的問題。

「情人……」白言愣了幾秒，然後才驚慌地問：「什麼？」

記者們像是抓到了把柄，開始對白言進行鋪天蓋地地追問。

「昨天晚上，周夏被拍到和一名優性Omega共同進出，這件事你知道嗎？」

「你知道自己當第三者了嗎？」

「你在和周夏曖昧的期間，是否已經知道周夏有對象了呢？」

「周夏是怎麼跟你說的？」

白言的大腦一片空白。這消息出現得太突然，他都不知道如何反應。

吳僅弦此時不知道從哪裡竄了出來，幫白言開了一條路，「抱歉，我們現在不接受記者採訪，麻煩讓一下。」

很平靜的口吻，白言卻能感受到吳僅弦的怒意。

在吳僅弦的引導下，白言好不容易坐上了保母車，在閃光燈中離去。

吳僅弦坐在白言的身旁，咬著牙說：「對不起，錄製現場根本不該有記者進去，你也不該被這樣追問。」

「沒關係。」白言勉強彎起嘴角，「是我反應太慢了。」

「往後幾天你別看社群媒體。」吳僅弦提醒：「安心寫歌吧，公司和周夏都會出來澄清。」

白言點了點腦袋，不禁有些想笑。到了這個時候，公司突然就想切割他和周夏的CP了，現實就是如此殘酷。

回到家後，白言躺在沙發上，想了想後還是打開了社群軟體。

在周夏緋聞新聞的下方，整整齊齊羅列著評論。

「這個Omega到底是誰啊？居然能攀上周夏？」

「所以那個白言到底是不是第三者啊？」

「肉搜了一下白言，據可靠傳言，他大學大私生活很亂。」

「小道消息，白言二〇一三年曾上過新聞，他當年差點被Alpha性侵。」

「不在乎白言，我就想知道周夏現在的戀愛對象到底是誰！」

「白言是不是看上周夏有話題，故意去蹭啊？」

「報導這個做什麼？根本沒人在乎明星談不談戀愛。」

白言看完之後嘆了口氣，果然不該打開來看，害他心情更差了。

正當白言想將手機放到一旁時，忽然來了一通陌生來電，他順勢接了起來。

「你好，我是周夏。」熟悉的聲音從電話的另一頭傳來。

白言不自覺繃緊神經，「妳好。」

「最近的事情你看到了嗎？」周夏詢問的口氣很無奈。

白言苦笑了下，「緋聞嗎？當然看見了。」

「抱歉，我沒有留意，被媒體拍到了。」

「沒關係，妳也不是故意的。妳打算怎麼辦？」

「我大概會和公司解約吧，就像我之前說的那樣。」

「違約金呢？」

「我付。」

「妳眞厲害啊，哪來那麼多錢？」

周夏笑了起來，「我當然有辦法，倒是你，如果給你一個解約的機會，你願意嗎？」

「我要先和團員討論看看。」

「我問的是你。」

白言吞了吞口水，有些遲疑地回答：「我願意。」

「好的，我知道了。」周夏的語氣好像很愉快，一點也不像是剛被爆料的樣子，「抱歉把你牽扯進來，這幾天好好休息吧，再見。」

說完周夏就掛斷了電話。

白言看著手機，不安地皺著眉，「周夏到底在搞什麼啊？」

♪

周夏和宣布自己有伴侶且已婚的那天，樂團四個人正好在一起團練。

團練到一半，一群人就丟下手中的工作，全部圍到吳僅弦的筆電旁邊，看周夏的官方直播。

周夏帶著自己的伴侶出席了這場公開活動，兩人剛踏進會場，記者的閃光燈就連連閃起。

周夏清了清喉嚨，挽著伴侶的手，「這幾天讓大家擔心了，不好意思，這位是我已經登記結婚，也已經標記的伴侶，陳斌。」

記者們爭先恐後地拋出問題，而排練室的四人也亂成了一團。

首先喊起來的是葉宥心，他近乎尖叫地說：「陳晨，那不是你哥嗎！」

陳晨點點頭，「是。」

「他是周夏的伴侶？爲什麼沒聽你提過！」

「顯然我很擅長保守祕密。」陳晨露出得意的表情。

「我不是在誇你！」葉宥心又慘叫起來，「你是什麼時候知道的？」

「大概一年以前吧，他們登記結婚的時候。」陳晨頓了頓，再度解釋：「當時周夏還沒這麼紅，他們就低調登記了，也沒人發現。」

「他們是怎麼認識的？」

「好像是在藝術展上，周夏很喜歡我哥的作品，兩人一來二往關係就好了起來。」

「我說啊……」葉宥心從後面抱住陳晨，頹喪地把頭放在陳晨的腦袋上，「這麼大的事情，在記者會開始之前可以先跟我們說一聲吧？我剛剛鬼吼鬼叫的樣子像個白癡。」

「你平常就這樣了。」陳晨冷靜地回答。

「你還敢說！」葉宥心捏著陳晨的臉，兩人打成一團。

白言則是靜靜看著電腦，聽著周夏說明爲什麼離開公司，又爲什麼會和陳斌在一起，說得鉅細靡遺。同時不禁想著，換成是他和吳僅弦，他們有勇氣承認嗎？

陳晨和葉宥心在團練之後就一起搭車回家了，他們這幾年來時常待在一起，看起來感情不錯的樣子。

吳僅弦走在白言身旁，一邊走向捷運，一邊和他說明著接下來的行程，「這週後面幾天都空著，一直到下週二才會有綜藝節目的錄製……」

白言垂著腦袋，看著自己一步步往前的腳尖，感覺吳僅弦的聲音離自己很遠。他還在想著周夏和陳斌的事情……他忽然停下腳步，抬頭看著吳僅弦，抿了抿嘴唇，「吳僅弦，你願意和我公開嗎？」

「什麼？」吳僅弦愣了下，反射性回答：「別說傻話。」

「但是周夏和陳斌都公開戀情了！爲什麼他們有勇氣，我們卻沒有？」白言挫折地說：「吳僅弦，我就問你一句，你願意標記我嗎？」

吳僅弦看上去一臉爲難，「不行，不是現在。」

「十年了啊，吳僅弦。」白言掐著指頭，「十年了，你還是不願意標記我，對嗎？」

吳僅弦艱難地吐出話語：「我只是希望能保護你。」

「但是我不想再被保護了。」白言露出悲傷的表情。

「別這麼說。」吳僅弦伸手想抱住白言，卻被躲了開來。

「吳僅弦，我再問你一次，你願不願意標記我？」

「現在不行。」

「那要等到什麼時候？」

「我不知道。」

白言忽然笑了起來，「膽小鬼。」

說出這個詞的瞬間，他們彷彿回到了十年前，白言第一次說吳僅弦是膽小鬼的時候。

吳僅弦記得很清楚，那是他們第一次冷戰。

十年後的今天，彷彿什麼都變了，又彷彿什麼都沒變。

白言咬著牙，抓緊吉他背帶，「夠了，十年了，我也不想再等了，如果你不標記我，我也不想被你標記了。」他說完就快步離開。

吳僅弦試圖追上，但白言迅速跑進捷運站，淹沒在人潮中。

白言靜靜凝視著自己倒映在車窗上的面容，有些恍惚。

十年前，他寫下了第一首歌，距離現在過了一段時間，然而記憶卻清晰得恍如昨日。

當初的他，知道自己的未來是這樣的嗎？白言覺得自己迷失了。

他摸了摸胸口，又想了想行程表，明後天都有空。

那個嚮往自由的他還在。白言垂下腦袋，默默下定決心——他要回去，回去他最初開始的地方。

♪

容花打開門時非常詫異。

「白言？」容花看著一身汗，背上還背著一把吉他的兒子，驚訝地問：「你怎麼突然回來了？」

「沒必要那麼驚訝吧。」白言側身走進屋子，把行李和吉他丟在沙發上。

「當然驚訝了，我以爲你一直很忙。」容花關門後走到白言身旁坐下。

電視正在播放著明星走紅毯的新聞，昨晚有場電影盛會，幾乎所有的優性

Omega都打扮得花枝招展，試圖成爲最受矚目的紅毯焦點。

白言笑了笑，指著電視，「媽，我不是什麼大明星，通告也不是天天有。」

「但你突然回來也太奇怪了。」容花太了解自己的兒子，立刻察覺不對勁，「是不是出了什麼事情？」

白言在沙發上縮起身子，沉默了半晌才說：「媽，我想和吳僅弦分手。」

「啊？」

「分手。」白言重複一遍。

「我聽見了。」容花輕輕拍著白言的腦袋，「怎麼回事？你腦袋撞壞了？」

「我很認眞。」

「我也認眞覺得你腦袋壞了。」容花嘆了一口氣，看著縮成一團的白言，「所以吳僅弦哪裡惹惱你了？」

「他不願意標記我。」白言悶悶地說。

「這是你想分手的理由？你傻了嗎？」容花搖搖頭，「你是優性Omega，想要Alpha標記你當然容易！可吳僅弦這十年來都小心翼翼，是怕標記之後傷了你！要不是他眞的在乎，哪個Alpha能忍這麼久？」

白言還是有些委屈，「但是我想被他標記。」

「那就好好和他談一談，不要意氣用事。」容花順了順白言的頭髮，「捫心自問，你是真的想和吳僅弦分手，還是一時氣不過而已？」

白言垂著腦袋，沒再說話。

容花不禁有些想笑，「十年前，你還巴不得直接帶吳僅弦私奔呢，現在卻想分手了？」

「媽！」白言惱羞成怒地喊了一句。

「我開玩笑的。」容花靠近白言，把對方拉到自己肩膀上靠著，「你不要把標記看得太容易，後悔的代價很大。儘管有些人會試圖洗去過去的標記，不過多少還是會留下痕跡。」

白言頓了頓，輕聲問道：「媽，你有後悔讓老爸標記過嗎？」

「沒有。」容花回答得很快，也很篤定。

「即使老爸在我出生前就過世了，你也沒有後悔過嗎？」

「沒有。」

「即使你必須獨自扶養我長大，必須獨自面對難熬的發情期，也沒有後悔嗎？」

「沒有。」容花瞇起眼，嘴角微彎，「從來沒有。」

白言感慨著，「看來我爸是個完美無缺的人啊。」

「你錯了，他充滿了各式各樣的缺點，有時還令人難以接近。」容花笑了起來，「即使如此，我依然愛他。」

說出這些話的瞬間，容花臉上浮現懷念的神情。

白言不再開口，心中湧上一股對吳僅弦的想念，連同缺點一起想念。

深吸了一口氣，白言對容花說：「媽，我想要去那個地方。」

「你打算去海邊吧？去那個對你來說充滿回憶的海灘。」

「沒錯。」白言目光堅定。

「那就去吧。」容花摸了摸白言的腦袋，輕聲地說：「記得平安回來。」

白言有個壞習慣，當他生氣的時候，就會失去聯繫。

吳僅弦一遍遍撥出電話，又一遍遍被轉入語音信箱。最後，他氣得把手機往桌上重重一放，把臉埋進掌心。

站在一旁討論通告的葉宥心和陳晨都沉默了。若問他們最怕哪位團員生氣，肯定是吳僅弦，畢竟脾氣最好的人生氣，才是最可怕的。

葉宥心吞了吞口水，鼓足勇氣走向吳僅弦，小心翼翼地問：「還是聯繫不上嗎？」

「嗯。」吳僅弦壓抑著情緒，「他至少要跟我說去哪裡，不然我怎麼可能放心！」

「既然這樣，你要不要試著聯繫白言的家人？」葉宥心提議。

「家人？」吳僅弦一愣。

「對啊，也許他跑回家了。你是經紀人，應該有白言家人的聯絡方式吧？」

吳僅弦思考了幾秒。他其實不確定容花對他的態度是認可，還是依然抱持著不信任？但是爲了白言，吳僅弦決定主動聯繫容花。

於是，他拿起手機，找出白言家人的聯絡方式，撥通了電話。

通話接通的瞬間，吳僅弦的心臟跳得飛快。

「喂？您好，我叫吳僅弦，是白言的經紀人。」吳僅弦緊張地詢問：「請問你知道白言在哪嗎？」

「吳僅弦。」容花的聲音帶著笑意，「我就知道你會來找白言。」

簡簡單單的幾句話，就讓吳僅弦的心情更爲緊繃，「是，抱歉我疏於照顧……」

「不是你的錯，那孩子的脾氣本來就倔強。當年你不標記他，剛好是他心頭的一根刺，這才把他急壞了。」

吳僅弦呑了呑口水，有些茫然地說：「那……請問你有什麼建議嗎？」

「標記白言吧。」容花的聲音十分堅定，「你們都已經長大成人了，所以不必害怕，勇敢去愛吧。」

容花最後如實說出了白言的所在地。吳僅弦立刻搭火車前往那裡——當年他們私奔的海灘。

海邊已經變了很多，出現不少文創市集，觀光人潮也多了起來。

吳僅弦費盡心力，終於在人群中找到白言。他二話不說就衝了過去，「白言！」

在反應過來之前，白言就已經被吳僅弦一把抓進懷裡。

英國梨的氣味竄了上來，熟悉的味道讓白言長舒一口氣，那是讓他魂牽夢縈的氣味。

他們總是這樣，無論他跑去哪，吳僅弦都能找到他。

「爲什麼要突然跑走？我都快嚇死了！」

「我已經長大了，沒什麼好擔心，我只是想要散散心。」白言把臉埋在吳僅弦的肩膀上，悶悶地說。

「我怎麼可能不擔心！而且你根本在鬧脾氣吧。」

「嗯。」白言聞著吳僅弦身上的英國梨香氣，「但是現在不氣了，我道歉。」

「給我好好道歉。」吳僅弦攔腰抱起白言。

「你要去哪？」白言掙扎著，在眾目睽睽下有些尷尬地掙脫，「放我下來！」

「不要！」吳僅弦邁步向前，「我就是要讓你丟臉，以後看你還敢不敢隨便亂跑！」

白言摀住了臉，心想他知道錯了，可以放過他嗎！

吳僅弦抱著白言，一直到一攤香水小舖前，才放下對方。

白言探出腦袋，小心翼翼地問：「你在做什麼？」

「買香水。」吳僅弦拿起香水瓶，一瓶一瓶試著氣味，最後挑了一瓶帶著小蒼蘭氣息的香水，遞到白言面前，「你聞聞看。」

白言嗅了幾下，隨後輕笑了起來，「這是我費洛蒙的味道嗎？」

「很像。」吳僅弦陷入了回憶，半晌之後才開口：「白言，當年我剛聞到這個氣味的時候，你知道我有多害怕嗎？」

「害怕？」

「因爲當年的你討厭Alpha的費洛蒙，所以我不想成爲你討厭的Alpha。」

白言撞了一下吳僅弦，認眞地說：「我怎麼可能因爲你是Alpha就討厭你？」

「我不想冒險，你對我就是如此重要。」吳僅弦頓了頓，「也正是因爲這樣，我才會一直如此小心。其實我一直都很想標記你，無時無刻都想。」

白言牽住吳僅弦的手，「不用害怕，你隨時可以標記我。」

吳僅弦恍惚地看著白言的側臉，忽然覺得有些不可思議，過去自己做不到的事情，現在居然已經可以完成了。

他們都已經長大了，和十年前的青澀模樣截然不同。

「你說得對，沒有什麼好怕的，讓我標記你吧。」

白言開心地跳了起來，抱緊吳僅弦的頸子。

縈繞在他身上的不安好像終於消散了，他的Alpha總算願意標記他。

最後白言和吳僅弦各自挑了一瓶香水——一瓶英國梨氣味，一瓶小蒼蘭氣味。即使他們分開了，也能聞到彼此身上的味道。

他們也買了兩瓶酒，一起回到白言的家。

兩人坐在白言房間的床上，有一搭沒一搭地聊著天。他們提起了那年夏日、校外教學時的景象，還聊到了他們私奔的回憶，說了組建樂團的那個夏天。

不知不覺，他們已經累積這麼多回憶。

在酒精的催化之下，吳僅弦直接抱起白言，把對方壓在床上，輕輕吻著對方的脖頸處。

房間充斥著濃烈的費洛蒙氣味，彷彿打翻了香水，小蒼蘭和英國梨的氣味占據整個空間。

白言迷迷糊糊地勾住吳僅弦的肩膀，用軟軟的語氣說：「快過來。」

吳僅弦覺得自己簡直要瘋了。優性Omega的氣息刺激著他的感官，雖然他是個劣性Alpha，此刻殘存的理智也不多了。

白言動手扯著吳僅弦的衣領，下身已經硬挺，「標記我，求求你，我好想被你標記。」

濃烈的小蒼蘭味道，讓吳僅弦暈頭轉向。他最終依循本能，咬著白言白皙的頸子。

白言耐不住地發出呻吟。

「白言，小聲點，你媽還在！」

「去你的，明明是你先開始的！」白言的聲音中帶著難耐，隨後便把吳僅弦扯近自己，在對方的唇上落下一吻。

溫柔的觸感伴隨著濃烈的費洛蒙，沖昏了吳僅弦。

「你……渾蛋，之後發生什麼事情，我可不管了啊！」吳僅弦放棄掙扎，胡亂扯去白言的襯衣。

終於得逞的白言露出魅惑的笑容，抱著吳僅弦的腦袋再次央求，「給我你的費洛蒙。」

於是英國梨的清香混雜著小蒼蘭濃烈的氣味，在不大的房間中，交融成一團濃烈的情慾的味道，淹沒他們兩人。

白言和不少人上過床，但在吳僅弦的面前，居然變得像是第一次做愛般青澀。他感受著吳僅弦熱燙的下體磨擦著自己的小腹，聲音中帶著難耐，「你快進來。」

吳僅弦沒有再猶豫，進入白言已經濕潤的後穴，親吻著白言布滿汗水的額間，「這是你自找的。」說完就迅速擺動腰部。

「等等……不要……」白言喘息著，幾乎以爲自己會斷氣。太可怕了，他從沒想過自己會失態成這樣。

「不要嗎？」吳僅弦壞心地放慢速度。

白言的喉結上下移動著，臉上帶著捉摸不定的神色，下一秒，他摟著吳僅弦的後背，主動將自己獻上，「不要……停……」

看見白言努力抬起腰部求愛的模樣，吳僅弦決定不再戲弄對方。他在白言的側頸輕咬了一口，隨後加快速度。

可憐的木床被兩人弄得嘎吱作響，白言在極端的性愛中發出陣陣喘息。被推上高潮的同時，他也感覺到一陣溫熱出現在後穴。

白言露出恍惚的笑容，緊緊摟住吳僅弦。吳僅弦則是本能地咬上白言的後頸，留下一個深深的齒痕。

然而還沒結束，吳僅弦翻了個身，讓白言坐到自己身上，「再來一次。」

吳僅弦的表情讓白言想起了那年夏天，他們也在靠近海邊的狹小房間中，肆意揮霍著青春。

時光彷彿重疊，白言忍不住笑了起來。

隔天白言醒來時已經中午了。他完全沒印象昨晚和吳僅弦究竟做了幾次，只模糊記得自己急切地向對方求愛，而吳僅弦也不斷回應著自己。

白言迷迷糊糊爬了起來，趴在身旁吳僅弦的胸膛上。他知道，他這次眞的被標記了。

吳僅弦摸著白言的髮絲，用略微沙啞的聲音說：「白言，我一直都很想標記你，從十年前，就一直想了。」

「爲什麼不行動？」

「我怕你後悔。」吳僅弦苦笑了一下，「其實我還是害怕的，我是個劣性Alpha，我總覺得你有更好的選擇。」

「我才不會後悔。」白言還是一樣執拗。

「那就好。」吳僅弦笑著親了一下白言的額頭，「現在你是屬於我的了。」

十年了，不知不覺他們愛了十年。

白言瞇起眼，聞著吳僅弦身上散發出的英國梨清香，或許這就是愛的味道。

這時，白言的手機鈴聲兀自響了起來，他從吳僅弦的懷裡爬起，摸索著找到手機接了起來。

「喂？」白言才剛說了一個字，電話的另一端就傳來葉宥心的咆哮，「白言，你和吳僅弦在家吧，給我出來！」

「什麼？」白言還在恍惚中。

「我和陳晨在你家門口，快給我出來！」葉宥心喊著。

白言呆了呆，隨便抓件上衣和褲子套上，飛奔到陽台。

葉宥心正站在豔陽之下，一手抓著手機，一手扶著看上去已經曬到有些發昏的陳晨。

白言掛掉電話，回頭看見吳僅弦露出一抹笑容說道：「別慌，是我叫他們過來的。」

「爲什麼？」

「他們想來找丟失的團員，沒有什麼不對吧。」吳僅弦下了床，走到白言身後，從後面抱住他，「我們當年也是這樣找回陳晨的，現在輪到他們來找你了。」

「工作呢？」

「他們最近的直播會暫停一天，主唱都跑了，當然是找人比較重要。」吳僅弦親了一下白言的額頭，「而我是你們的經紀人，你們既然都休息，我放一天假也不爲過吧。」

白言眨了眨眼，說不出自己現在是什麼感覺，很溫暖，又有些想哭。這應該就是幸福吧。

葉宥心氣喘吁吁地踩著踏板，大聲抱怨著，「白言是瘋了嗎？這麼大的太陽，居然說要騎腳踏車去海邊？熱死了！」

坐在他後座的陳晨抱住他的腰，淡淡地說：「海邊對白言來說一定有什麼特別的含意吧。」

「什麼意思？」葉宥心喘著氣問。

「你沒發現嗎？白言最一開始寫的歌，都是和海有關的，是最近公司要求他轉型，他才慢慢開始寫其他主題。而且每當想不到去哪裡的時候，白言總會提議要去海邊，他自己大概也沒注意到吧。」

「你覺得這和吳僅弦有關係嗎？」

「怎麼可能沒有關係？」

「我想也是。」葉宥心又低頭踩了幾下踏板，隨後轉頭對陳晨說：「那對你來說，我們之間有什麼特別的地點嗎？也許我們也能去重溫回憶。」

「嗯，酒吧。」陳晨頓了頓，「你在酒吧要不到聯絡方式的那天，令人印象深刻。」

「不要提那天，是我錯了！」

「當時你還一心要找優性Omega……」

「別說了！」葉宥心漲紅了臉。

陳晨抱緊葉宥心的腰，忍不住笑了出來。

葉宥心低下頭，突然驚覺這幾年來，他沒有再和其他Omega交往過，就算是優性Omega，好像也激不起他的興趣了。

絕大部分的時間，他都選擇和陳晨待在一起，比起Omega的費洛蒙，他現在顯然更喜歡陳晨。

他又想起陳晨當年問的問題——Beta就不行嗎？

其實也沒有不行，他早已喜歡上陳晨了，不是Alpha和Omega之間轟轟烈烈的吸引力，而是細水長流。

不知不覺，對陳晨的情感，已經融入他的生命中了。

葉宥心深吸了一口氣，聞到海風中的鹹味，然後開口說道：「陳晨，我好像喜歡你。」

陳晨彎起嘴角，「你確定？我可是個Beta。」

「我確定，很確定。」

「眞巧。」陳晨溫柔地瞇起眼，「我也剛好喜歡你，我們交往吧。」

道路另一邊，白言背著吉他，搭著吳僅弦的肩膀，仰起腦袋，瞇起眼。陽光刺痛了他的肌膚，藍天白雲從他眼底流逝。

高中時，他背著書包、坐在吳僅弦腳踏車後座的回憶，在此刻突然清晰。他眨了眨眼，指間輕輕動了起來，音符再次於他的腦中飛舞。

半小時候，四個人來到靠海的涼亭，肩並肩地坐著，兩台腳踏車歪七扭八地扔在一旁。

他們一人拿著一枝冰棒，看著蔚藍的晴空和海水，感受著撲面而來的海風。

葉宥心率先開了口：「我們上次四個人一起出來，好像還是在簽約之前。」

陳晨點點頭，「去台南找我的時候。」

「那個時候也是去海邊呢。」

葉宥心說完後便不再開口，也沒有人再接話。

浪潮拍上沙灘，又緩緩退去，就像是他們一樣，反反覆覆，最後還是回到了一切開始的地方。

這時陳晨開口：「白言，你想和公司解約嗎？」

這是個很敏感的問題，因此之前一直沒有人主動提起，不過他們遲早得面對，或許現在正是剛好的時機。

白言咬著蘇打冰棒，「有過這個想法。不過，我也知道這樣很任性，依靠公司的資源宣傳，卻又想要自由。」

「如果我說，有一家以音樂活動爲主，風氣也更自由的公司想要簽下我們，你會想去嗎？」陳晨的口吻依舊平靜。

白言瞪大眼，「當然，但是哪有其他公司想簽我們啊？」

「有。」陳晨點了下腦袋。

「你說什麼？」

陳晨還在自顧自地解釋，「我們的音樂活動減少太多了，我不斷地拍戲，你和葉宥心一直在直播、上綜藝。雖然都是爲了樂團知名度努力，但我們都很想再以樂團的身分站上舞台。」

白言抓住陳晨的肩膀，「先別說這個了，你剛剛說，有其他公司想簽我們？」

「對，我哥開的公司。」

聽見陳晨的話，葉宥心也變得激動，「等等，什麼？你說什麼？爲什麼你總是瞞著這種大事啊！」

「因爲我很會保守祕密。」

「我不是在稱讚你！」

陳晨沒理會葉宥心的抗議，指了指自己說：「我哥要開的新公司，他和周夏合資，想要簽下我們。」

這下白言恍然大悟。他終於知道周夏的那通電話是怎麼回事了，當時她就已經在試探他們了。

吳僅弦吞下最後一口冰，盡量保持冷靜，「不過違約金的部分該怎麼辦？」

陳晨又點了下腦袋，「新公司願意幫我們代墊，就當成簽約金了。」

葉宥心一副快哭出來的表情，「天啊，陳晨，你哥是天使下凡，活佛轉世吧？」

「依照我哥的原話，反正我們樂團的知名度還不算太高，違約金也不會太貴，這點錢不是問題。」

葉宥心這下只能乾笑兩聲，「也對，周夏是知名偶像，陳斌則是知名藝術家，他們的確是不怎麼缺錢。」

「我們表決吧，有誰想去新公司試試？」白言揮著冰棒棍，舉起手道。

葉宥心舉起手，「我願意試試。」

陳晨點點頭，「你們去哪，我就去哪。」

吳僅弦的目光掃過每個人，最後停在白言身上，「我尊重樂團的決定。」

白言歡呼起來，陳晨卻忽然再次開口：「不過我哥有開一個條件。」

「什麼條件？」白言有些緊張，怕是什麼難以達成的要求。

「我哥要辦婚禮，他想邀請我們樂團在婚禮上演出。」

白言鬆了口氣，立刻答應，「當然好啊，沒問題！」

他們受了陳斌這麼多幫助，這點小忙不算什麼。

白言說完就把冰棒棍往旁邊的垃圾桶一扔，抓起擱在一旁的吉他，開始唱了起來。

其他人紛紛加入，在浪潮的聲音中，唱著屬於他們的盛夏。

♪

「聽說你們要換公司了。」這是魏升庭見到白言的第一句話。

白言剛錄完線上綜藝，回公司一趟打算收拾東西，沒想到正好撞見魏升庭。

白言有些心虛，不知道消息是怎麼走漏的，這種事總是傳得特別快。他只能吞了吞口水，不安地說：「沒錯。」

魏升庭忍不住笑了，「你怕什麼啊？我只不過是問問而已。」

白言遲疑了下，隨後小聲開口：「我以爲你會不高興。」

「爲什麼？」

「畢竟你也照顧了我們很久，就這麼走人，豈不是浪費了你的時間？」

「沒有這種事。」魏升庭笑著拍了拍白言的肩膀，「一開始的確是我挖角你們。不過，演藝圈來來去去本來就是正常的事情，我沒有不高興。」

「那就好。」白言稍微放鬆了點。

「到了新的公司，也要繼續寫歌。我一直都很喜歡你的曲子。」

「一定。」白言乖巧地點點頭，然後有些猶豫地說：「那……再見了？」

「嗯，再見了。」魏升庭揮揮手，故作瀟灑地看著白言背著吉他離去的背影。

他瞇起眼，想起他那時站在人群中，遠遠地看著舞台上的白言，又想起白言拿著demo跑到公司逼著他聽的模樣。

一切彷彿是昨天才發生的事情，轉眼之間，白言就要離開了。魏升庭扶了一把額頭，喃喃道：「是不是上年紀了啊？這麼多愁善感，眞不像話。」

他看了一眼手錶，已經晚上九點半了。十點半有一場樂團的表演，他要去看看狀況，也許他能在現場發掘到潛力樂團。

魏升庭邁開步伐，準備尋找下一顆明日之星。

♪

白色的玫瑰花瓣如同飄雪般落下，空氣中瀰漫著溫暖的氣息。

周夏穿著一身颯爽的白色西裝，一頭短髮梳到耳後，看上去十分幹練。她輕挽著陳斌的手，一步步走上紅毯。

陳斌比周夏矮了一個頭，看上去嬌小可愛，眉眼間透著一股溫柔的氣息。

兩人站到眾人面前，宣讀著婚禮誓詞，而後互相爲對方戴上戒指，在歡呼聲中接吻。

掐準時間，白言的樂團也開始演奏，溫暖柔和的音樂在周遭繚繞。

白言抱著吉他，開始唱起了他寫的歌：「只要你在我身邊，那就沒關係……」

吳僅弦站在一旁，微笑地看著白言表演。

那是白言寫的第一首歌，貫穿了他們生命的歌曲。他也忍不住跟著輕哼：

「有了你的陪伴，那就沒關係……」

意外的是，他還記得這首歌該怎麼唱，也許十年前白言教他唱了這首歌之後，他就從沒忘記過。

看著相擁的陳斌與周夏，吳僅弦不禁有些羨慕，他的心底動了動，忽然有了個想法。

白言不知何時已經唱完了歌，抱著吉他跑到了他的面前，抓著他的手，「走吧，進去吃飯了！」

吳僅弦往前走了幾步，突然停下腳步。

他拉著白言的手，遲疑了幾秒後開口：「白言，我們交往十年了。」

「是啊，我知道。」白言敷衍地應著，一心只想著吃飯，「快走吧，我好餓。」

「白言！」吳僅弦加大了音量，逼得白言回頭看他，「我愛了你十年，你願意嫁給我嗎？」

這個問題像是一個磚頭，猛地砸中了白言的腦袋，他呆住，「你說什麼？」

「我問你願不願意嫁給我！」吳僅弦又重複了一遍。

白言跳了起來，用力圈住吳僅弦的脖子，笑著說：「你求婚的時機有夠爛！

但是我願意，我當然願意！」

微風吹過，他們腳邊散落的白色花瓣輕輕轉了起來，小蒼蘭和英國梨的氣味融合為一。

白言抱著吳僅弦，心頭暖暖的。

十年了，他們愛著就到了永遠。

正文完

番外
金絲雀

金絲雀。

容花的腦海中浮現了這三個字。他覺得自己就像是一隻金絲雀，方方正正的宅子彷彿牢籠，將他困在裡面。

容花會到這裡來，只不過是因爲這戶豪門需要一個優性Omega來延續後代，而他就是負責生子的工具。

說得難聽一些，容花是被家裡賣到這裡的。

然而，自從他住進這個豪宅後，連未婚夫的面都沒見上幾次。就算見到了，那人也只是匆匆地與他講個幾句話，不會多看他兩眼，一天到晚都在忙工作，晚上也不常回來。

已經一週過去了，容花卻夜夜獨守空閨，再這樣下去，他感覺都要被關瘋了。

容花嘆了口氣，坐在四四方方的床邊，從四四方方的窗戶看了出去，窗邊長著一株桃花樹，葉已落盡，卻還沒開花。

「桃花灼灼，宜室宜家」，容花不知怎麼地想起了這句詩詞，可他現在一點也不想嫁人，更何況他對未婚夫根本一點也不了解。

正當容花恍惚地看著桃花樹時，他的未婚夫正好從門外走了進來。

男人看了容花一眼，淡淡問道：「吃飯了嗎？」

「還沒。」

「都下午了，爲什麼不吃？要吃什麼，去跟管家說一聲，會有人替你準備。」

那人皺了下眉，表情冷淡。容花很討厭男人這個模樣。

他的未婚夫叫白華，是這個家的長子，也是位優性Alpha。

白華才剛踏進房間，容花就聞到對方身上強烈的費洛蒙氣味，那是一種仿佛焦糖般甜甜的氣味，這種甜膩的味道，很少在一般Alpha身上聞到。

看著白華打開衣櫥，換了一件襯衫，容花鼓起勇氣，抬高音量，「你要不要陪我吃飯？」

白華扣上鈕釦的手一頓，轉過頭，語氣很是冰冷，「我沒那個時間。」

「那你什麼時候有時間。」容花爬下床，望著白華。

「再說吧。」

容花簡直要發怒，「再說個頭！如果你連看都不看我一眼，到底娶我幹麼？」

白華冷笑了下，理所當然地說：「我還沒正式娶你，別那麼把自己當一回事。」

容花顯然生氣了，白華能感受到面前的Omega，身上爆發出濃烈的晚香玉費洛蒙氣味，魅惑又迷人。

白華繫上領帶，摸了摸容花的髮絲，清清冷冷地說：「別氣了，去吃飯吧。」說完就離開房間。

容花咬牙切齒，吃個頭，氣都氣飽了！他憤怒地跺腳，跑回床上，用棉被蒙住腦袋。

白華半夜才從公司回到家中。他一進家門就問管家：「容花吃飯了嗎？」

年邁的管家愁眉苦臉地搖頭，「夫人一整天都沒吃東西，怎麼勸也沒用。」

白華嘆了口氣，「去幫我熬一碗冰糖小米粥，我帶進去給他吃。」

約莫十分鐘後，白華就捧著一個裝著小米粥的瓷碗，踏進他和容花的房間。容花原本躺在床上看書，一見白華進來，就賭氣地翻過身，並用棉被蓋住腦袋，顯然還在生氣。

白華不禁覺得這人有些難纏。端著瓷碗，他坐到床邊，掀起棉被的一角，「出來吧，一整天不吃東西，不餓嗎？」

「不餓！」容花嘴硬道。

白華有些頭疼。他知道有些Omega在被標記之後，會變得感性多疑，但容花還沒被標記，就已經是這副模樣，他簡直無言以對。

「我拿了小米粥過來，你確定不吃？」

容花動了動，然後緩緩探出腦袋，「是甜的嗎？」

「甜的。」白華遞出瓷碗，「你吃吃看。」

「我就吃一口。」容花嘟囔著從棉被裡面鑽了出來，捧著瓷碗開始一口接著一口吃。

原本說「只吃一口」，然而沒多久瓷碗就已經差不多空了，看來是真的餓到了。白華瞇起眼，看著狼吞虎嚥的容花。

容花長得很美，有著長長的睫毛和立體的五官，膚色白皙，還留著一頭及肩的黑髮，看上去秀麗得彷彿一幅畫。高雅的氣質一看就是優性Omega，可惜脾氣差了點。

發現白華正盯著自己，容花抬起眼瞪了對方一眼，像隻惱怒的貓，「看什麼看？」

「沒有，只是在想，原來你喜歡吃甜。」白華冰冷的面容上難得露出笑意，「我記住了。」

容花眨了眨眼，有些意外。心想，原來這人也是會笑的啊，笑起來明明滿好看的……

「記住就好。」容花放下碗，冷哼一聲，「因爲你以後要天天陪我吃晚餐。」

白華聽了立刻變臉，「不可能，我平時很忙，回來很晚了……」

「沒關係，我等你。」容花堅持，「不用吃什麼太好的，只要像現在這樣隨便吃一點就好了。我每天被關著都快瘋了，就想有個人可以說說話。」

白華嘆了口氣，「我試試。」

他其實是不願意的，因爲打從一開始，他就沒有想和容花打好關係。

容花比白華想像中更堅持。每天一定會等他回來，否則就不吃飯。

對此，白華頭很痛，一方面覺得容花很麻煩，另一方面又不討厭和容花相伴的時光。

如果用動物來形容，容花就像是野貓。看上去很難接近，可是只要打好關係，就只會認他一個人。

而且，不知道是不是刻印在體內的優性Alpha基因作祟，白華對容花就是有種說不出來的好感。每當和容花一起吃飯的時候，白華總會不小心放鬆警戒，說出一些他埋藏在心中的話。

看著面前開心吃著海南雞飯的容花，白華抿著嘴，過了半晌才吐出眞心話：「容花，你還是和我保持距離比較好。」

「爲什麼？雖然你還沒正式娶我，但我被帶進你家，目的不就是要被你標記，生下優秀的後代嗎？」容花說得理所當然。

白華再度嘆氣，「你知道自己只被當成工具，爲什麼還要和我打好關係？被這樣利用不會不高興嗎？」

「因爲我哪裡也去不了。」容花沒好氣地說：「我算是被賣到這裡的，早就回不了家了。」

白華遲疑了一下，隨後伸出手，拍了拍容花的腦袋，輕聲開口：「別擔心，你再過不久就能回去了。」

「爲什麼？」

白華慘澹一笑，「因爲我快死了，等我一死，你就能回去了。」

「什麼？」容花愣住了。

「腫瘤，發現得有些晚了，病灶已經擴散到各個器官。醫生說，我最多只剩下一年壽命。我不想待在醫院，寧可出來繼續工作，因爲工作的時候就不會想那麼多。」

白華放下碗筷，指著自己，「不然你以爲我家裡的人爲什麼這麼急？不惜用錢也要帶回一個優性Omega？因爲必須有人繼承家業，最好能產下一個優性Alpha。」

容花僵住了，「所以你也是被利用的人嗎？」

「是啊，其實我和你一樣，我們都是爭產遊戲的棋子。」

「所以你才不願意標記我？」

「對，請你再等等吧。」白華的眼神有些悲傷，又有些空洞，「抱歉讓你承受這一切，等我死去，你也沒有身孕，就能離開了。我不會活很久的。」

說完，白華就慢慢退出房間，不知是吃飽了，還是沒有心情吃了。

容花獨自一人呆呆地盯著剩下的飯菜，然後又看看窗外那根光禿禿的桃花枝條，看著這個四四方方的房間，像是一個四四方方的監獄。

現在容花明白了，困在這裡的不只他一個。

半夜，容花被一陣爭吵聲驚醒。他悄悄起身，爭執聲是從樓上傳來的。

一個女人氣急敗壞地質問白華：「你不是易感期到了嗎？爲什麼不去標記那個Omega！」

白華壓低聲音，嗓音包含著無限痛苦，「媽，容花不是謀利的工具！」

「都什麼時候了，你還在說這些！」女人氣得跺腳，「如果你沒有後代，我們家族的未來要怎麼辦？」

「找個有能力的人繼承不就行了？不要把容花牽扯進來！」白華大吼：「妳現在就給我出去！立刻！」

隨後一陣劇烈的關門聲傳來，嚇得容花不自覺縮起脖子。

過了半晌，四周靜了下來，容花才悄悄走出房間，輕手輕腳走上樓梯，來到白華的房門前。

容花還沒開口，房門就打開來了。白華疲憊的臉映入眼簾。

「你怎麼知道我來了？」容花詫異地睜大了眼。

「你的費洛蒙。」白華露出無奈的表情，「回去吧，現在不是你該來的時候。」

「你在易感期嗎？」

「你聽見了？」白華苦笑了下，「我媽無論如何都希望能有個孫子，所以逼我標記你。已經沒事了，我剛剛吃了抑制劑，現在好多了。」

容花歪著腦袋，盯著白華的面容。對方的眼中透著疲憊，黑眼圈也很重，看上去完全不像是沒事的樣子。

容花搖著頭，小聲問道：「你多久沒有好好休息了？」

「我一直都有休息。」

「才沒有。」容花不客氣地反駁，「從我住進來的那天，你就一直在工作，根本沒有休息。」

白華漸漸失去了耐心，「你想說什麼？」

「你該放個假，至少出去兜風。」

「不可能。」

白華說完就想關門，然而門被容花一手擋下，「爲什麼不可能？你跟我又不一樣，你不是有車嗎？」

「有又如何？」

「那還等什麼？」容花壞笑，「我們出門兜風吧。」

容花的目光瞬間一變，白華愣了愣，不敢相信自己聽見了什麼。

兜風？聽起來更像是逃跑，逃離這個牢籠，這顯然是個糟糕的壞主意，但是白華喜歡這個壞主意。

於是，白華拿起車鑰匙，拉著容花的手，坐上車，離開這個四四方方的大宅子。

容花看著手機，得知不遠處有場狂歡至白天的音樂節。他告訴白華這個消息，雖然白華不曉得什麼是音樂節，不過還是順著容花的意思駕車過去。

音樂節上人潮滿滿，舞台上充斥各種聲光效果，旁邊攤販還販賣著一瓶瓶廉價啤酒。

容花隨手拿了兩瓶，付錢之後，把其中一瓶塞進白華的手中。

白華打開瓶子，喝了一口後，露出痛苦的表情，「這什麼鬼東西？」

容花大笑起來，「大少爺，平時喝慣高價紅酒，啤酒入不了你的口了嗎？」被這樣一激，白華氣得直接灌下半瓶，幼稚的模樣又惹得容花一陣大笑。

隨後他們擠進人潮，周遭的人隨著音樂舞動，容花也隨之起舞，邊跳邊跟著樂團唱歌。

白華一開始放不太開，不過在容花的鼓勵下，也跳了起來，最後甚至抬起手，跟著眾人一起歡呼。

他從來不知道有這種活動，畢竟他從小就被禁止來這種大人口中所謂的「低俗」的地方。

隨著太陽微微升起，音樂的步調也漸漸慢了下來，在晨曦朦朧的微光中，白華發現容花正緊貼著自己，和他一起跳著舞。

容花身上傳來好聞的晚香玉費洛蒙清香，再加上酒精的作用，使白華一下子便有些暈了，不自覺地摟緊容花的腰。

此時，容花也聞到了白華身上的費洛蒙氣味，心跳不由自主地加速，不確定是因爲醉了，還是因爲費洛蒙的氣味太過濃厚。

隨後，他抬起臉，看見了滿臉通紅、眼神迷離的白華。

「容花。」白華把臉埋進容花的頸間，在溫暖的晨曦中說了一句：「謝謝你帶我出來。」

感受到白華節節攀升的體溫，容花知道事情即將失控。他稍稍推開白華，輕聲道：「上車吧。」

白華輕輕點了點頭，跟著容花鑽回車內。

回到車上後，情況並沒有好轉，焦糖甜膩的氣息頓時充滿整個車內，容花都有些暈頭轉向。

白華的狀況也沒好上多少。他和容花擠在狹小的後座，本能地貼上容花的身子，手也開始探進容花的衣物內，輕摸著他的肩胛骨。

容花捧著白華的臉，用僅存的理智問：「你確定要做嗎？在這裡？」

「我想要。」白華嘶啞著聲音，「我滿腦都是你，容花。」

容花笑了起來。他早該知道的，白華早就喜歡上他了。如果不是這樣，誰會陪著他這樣鬧、陪著他吃晚餐，聊聊每天發生的事情？

在那四四方方的宅子裡，他們擁有的就只有彼此而已，只是他們都嘴硬，不願輕易說出口。

而現在，他們終於願意坦承了。

容花主動解開了自己褲頭的釦子，撫摸著白華已經硬挺的下體，低聲地說：

「做的時候小聲點，外面還有人。」

白華點著頭，扯下自己的褲子，一邊吻著容花，一邊分開容花的腿。還來不及完全褪去上衣，兩人就已經焦急地緊貼在一起。

伴隨著容花的輕哼，白華開始擺動腰桿。

容花被有些粗暴的動作弄得有些疼，不過他的不適很快就被快感取代。他纖細的雙腿夾緊白華的腰，感受著對方的每次挺進，用甜膩的呻吟央求著更多。

白華享受著容花的反應，進攻一次比一次猛烈。

「要受不了……」感受到對方的性器在自己體內逐漸脹大，強烈的快感讓容花有些恐懼。

白華喘著氣，「是你帶壞我的。」

「我知道。」容花紅著臉，用勾人的聲音說：「我會負責做到底。」

聞言，白華不再收斂，撞擊的力道重得讓車輛微微震動。

明亮的晨光透進車窗，此時的白華咬住了容花的後頸，釋放在容花的體內，而容花昂揚的性器，也吐出了濁白的液體。

容花喘著粗氣，感受著白華壓在自己身軀上的重量。他順勢抱住白華，聞著白華身上香甜的焦糖氣味……他知道自己被標記了。

之後白華便載著容花，悠哉地在附近吃了一頓早午餐，然後才開車回家。

果不其然，白華的母親大發雷霆，直說要把容花趕回去。

然而白華不肯，更是直言容花已經被他標記了。

這下白華的母親更加怒不可遏，卻又無可奈何。

沒多久，白華的身體情況急轉直下，於是他們又被關回了四四方方的宅子，每天看著四四方方的院子。

白華常常提起音樂節那天的事情，也總是看著睡在身旁的容花，輕聲地呢喃著：「如果能再去一次音樂節就好了。」

聞言，容花拜託管家帶了一把吉他回來，每天苦練，希望能練好那天在音樂節聽到的歌，彈給白華聽。

然而容花沒等到這個機會，白華就因爲每況愈下的身體狀況被送進了醫院。關住他的地方，從四四方方的宅子，變成了四四方方的病院。

也是在那個時候，容花發現自己懷孕了。

白華聽見消息的時候很驚喜，也很歉疚。

「容花，是不是我耽誤了你？」白華一臉抱歉地看著坐在病床邊的容花，

「當初我說得好聽，說不想標記你，結果還是讓你懷孕了。」

容花聽了忍不住笑了，拍了一下白華的額頭，「你傻了？如果不是我願意，你哪有可能標記成功？我是自願的，你不要老是想那麼多。」

「但是這孩子出生時，我可能已經過世了。」白華嘆了口氣，「容花，之後洗掉標記吧，不然你之後發情期會很辛苦。」

容花倔強地搖頭，「不，我就要留著你的標記。」

白華還想勸，「容花，你別這樣……」

「我不會改變心意。你與其想這些，還不如想想孩子該叫什麼？」容花轉移話題。

「白言怎麼樣？言語的言。」

「好啊。」容花摸著肚子，繼續逗白華開心，「那你覺得，白言會是個怎麼樣的孩子呢？」

提起孩子，白華的神情都明朗了，甚至還露出淺淺的微笑。

「我想想。」白華撐著腦袋，「他應該會遺傳到你的個性，很愛亂來，還會帶壞其他人。」

容花立刻頂嘴，「怎麼不說他會遺傳到你？固執又任性。」

「你也很固執，還好意思說我？」白華抓起容花的手，溫柔地說：「如果有機會的話，你教白言彈吉他吧，說不定他會很喜歡音樂。」

容花點了點頭，「好。」

「還有……搬出去住吧，這樣對你來說也比較輕鬆，不用承受我家人的壓力，我也不希望白言步上我的後塵。」白華的眉眼彎彎，悄悄和容花說：「我偷偷存了一筆錢，是你和孩子未來的生活費，我希望白言能自由自在地長大。」

「我知道了。」

最後，容花得到了一組銀行帳號、一串密碼，還有一封手寫信，交代他在重要的時間交給白言。

這些都是白華在死前爲白言拚命留下的一切。

♪

死亡總是來得很突然，容花還以爲仍有時間，沒想到，死神就這麼帶走了白華。

容花沒有哭。他不覺得白華已經離開了，即使白華早已入土，他都沒有接受這個事實。

反正無論如何，他都決定要嫁給白華了。

婚禮如期舉行，儘管是冥婚，容花也沒有任何恐懼，甚至還有些興奮，就像要舉辦一場眞正的婚禮一樣。

容花穿上了血色的婚服，來到了白華的牌位前。

一拜天地，二拜高堂，夫妻對拜。

血色的燭台閃爍著，容花抱起白華的相片站起，一步一步走上樓梯，回到房間。他坐到鏡子前，掀起蓋頭，鏡中倒映出容花上妝後美麗的容貌。

容花呆坐著，像是在等待什麼。

過了許久，他突然意識到自己在等白華。

這一瞬間，容花才眞正明白，白華已經永遠離開了。

容花抱緊了白華的相片，伏在梳妝台前，肩膀顫抖著抽泣，淚水暈開了他臉上的妝，沿著他的面容滑落。

「我愛你。」容花緊緊抓著照片，又重複了一遍，「白華，我愛你。」

白華走得太過倉促，他甚至來不及對他說出這句告白。

白華去世之後，容花就離開白家，搬了出來。他頂著壓力放棄繼承權，獨自拉拔白言長大。

♪

時光過得飛快，轉眼之間，白言就已經長大。然而白華的事，白言知道的並不多，也不知道當初容花冥婚的事情。

看見癱坐在沙發上玩手機的白言，容花走過去敲了一下對方的腦袋。

「做什麼！」白言嚇得手一抖，險些摔了手機。

「坐過去一點，留個位子給我。」容花嘆了口氣。

白言這才挪了下身體，讓容花坐到身旁。過了幾秒，他突然開口：「媽，你覺得結婚怎麼樣？」

容花的心底一動，隱隱覺得有大事要發生。

他清了清嗓子，聲音藏不住緊張，「結婚？怎麼突然說這個？」

「最近參加了朋友的婚禮，感覺挺好的。」

容花稍稍鬆了口氣，端起茶杯啜了一口，「滿好的，是滿好的。」

「所以吳僅弦就向我求婚了。」

「什麼？咳、咳咳……」容花被茶嗆到，心急地問：「你……你答應了嗎？」

「答應了。」

容花放下茶杯，「你等著。」

「好。」

容花匆匆跑進房間，一陣翻找的聲音傳來，他又風風火火跑了回來，把一封信塞進白言的手裡。

「這是你爸寫給你的信。」容花解釋道。

白言一頭霧水，「爲什麼現在才給我看？」

「你爸特別交代，如果你有想要託付終生的對象，才要把這封信轉交給你。」容花湊近白言，一臉好奇，「連我都不知道這封信裡面寫了什麼，你快打開來看。」

白言打開信，母子兩人一起讀著那封發黃的信，越讀表情越不對勁。

信中的內容很簡單，基本上就是威脅，威脅吳僅弦要好好對待白言，否則就要在天上詛咒他。

一陣沉默之後，白言率先開口：「爸……是認眞的嗎？我還以爲他會寫什麼感人的內容。」

容花也沉默了，他笑了笑，「白言，你爸是眞的不會表達，尤其是溫馨感人的話，他基本上都說不出口。寫下這些，大概是他的極限了啊。」

雖然他臉上是笑著的，但不知怎麼地，容花有些想哭。

白言把信翻了過來，驚呼道：「咦？後面還有字？」

泛黃的老舊信紙後面，有著一行工工整整的小字——帶你最愛的人去一場音樂節吧，你會永生難忘。

容花愣住了，回憶瞬間將他吞噬，一切的一切，都是從那場音樂節開始的。

他現在好像明白，爲什麼他當初那麼反對白言和吳僅弦私奔了，因爲他好像看見了當年的自己。

至今他仍然不知道，音樂節是他這輩子最好的決定，還是最糟糕的決定，他只知道自己並不後悔。

看見容花微微泛紅的眼眶，白言抿了抿嘴，把信塞回容花手上。

容花有些茫然，「做什麼？」

「你比我更需要這封信吧。」白言站起身，轉身背起吉他，「你留著，我去海邊一趟，晚上回來。」

白言說完就踩著樓梯，迅速跑下樓，一邊哼著歌，一邊出了家門。

容花捧著信，低頭聞了一下信紙，上面還殘留著一絲焦糖的氣味。

從二樓的窗戶看出去，容花遠遠看見蔚藍的天際，以及白言輕快跑遠的身影。

白華，看見了嗎？容花恍惚地想著。

孩子已經長大了，他像爸爸一樣固執，像媽媽一樣叛逆。但他很率直，比我們都要率真，很愛音樂，而且嚮往自由。

容花露出溫柔的笑容，四四方方的窗戶外，一根枝椏伸出，已經能看見幾朵綻放的桃花。

番外
音樂節

吳僅弦在想事情怎麼會變成這樣。

他站在人潮當中，被左右兩側的人推來推去，震耳欲聾的音樂，幾乎要穿透他的耳膜。

白言站在他的身旁，跟著音樂，上竄下跳，看起來倒是十分享受的樣子。

吳僅弦嘆了口氣，「爲什麼我們會來這裡？」

「什麼？」白言喊了回去，但聲音很快就被室外音響的聲音迅速吞沒。

吳僅弦只好加大音量，「我們爲什麼要來音樂節？」

「不好嗎？」白言困惑地歪著頭。

「也不是不好……」

「你說什麼？我沒聽清楚！」

吳僅弦再度嘆氣，把白言拉近自己一些，「等音樂節過後再說吧。」

「別呆呆站著，跟著音樂一起跳啊！」

「都幾歲的人了，還做這種事。」吳僅弦小聲抱怨。

吳僅弦的話剛說完，一個高大的Alpha忽然貼上白言的身子。

酒精伴隨著Alpha費洛蒙的氣味竄進白言的鼻腔中，讓白言立刻皺起眉。

因爲人潮擁擠，白言一開始還以爲是個意外，試圖避開，對方卻繼續黏著自己，甚至還想伸手去碰他的腰……這人一定是故意的。

吳僅弦也注意到了。他下意識把白言拉到身後，瞪著那位高大的Alpha，「你閃遠點。」

聽見吳僅弦的話，那名Alpha僅僅是挑了一下眉，隨後就用挑釁的語氣說：「怎麼了？這位是你的Omega嗎？」

吳僅弦咬著牙回覆：「沒錯。」

「你一個劣性Alpha，憑什麼標記一個優性Omega啊？不如把他讓給我吧。」

「你說什麼！」吳僅弦氣得臉都紅了。

見情況不對，白言趕緊拉著吳僅弦，一點一點往後退，「好了，那傢伙顯然喝醉了，不要和那種人起衝突。」

白言一邊說著，一邊把吳僅弦半拖半拽地帶離現場。

再讓吳僅弦待下去一定會打起來，白言苦笑了下，他是來參加音樂節的，可不是來上社會新聞的！

離開現場後，吳僅弦顯然冷靜許多。

看著微微發亮的清晨天空，吳僅弦揉了揉眼睛，語氣中帶著疲憊和殘留的憤怒，「我絕不輕易原諒剛剛那個Alpha！」

「你冷靜點。」白言揉了揉吳僅弦的頭髮，「別動手啊，你沒看到那個Alpha有多高大嗎？你才打不贏。」

「就算是這樣，他也不能隨便動我的Omega！」

「好了。」白言抱住吳僅弦，「別氣了，事情都過去了。」

聞到白言身上的費洛蒙氣味，吳僅弦冷靜了下來。穩住情緒後，疲憊感一湧而上，他這才想起自己爲了來看這場音樂節，一整晚都沒睡。

「我好累，我們可以回去了嗎？」吳僅弦揉了揉惺忪的雙眸，聲音軟軟的，和他平時精明的模樣大不相同。只有在白言面前，他才會露出脆弱柔軟的一面。

「可以。」白言仍然蹦蹦跳跳的，還沉浸在音樂節的興奮氣氛當中，「不過我有點餓了，可以吃完早餐再走嗎？」

「吃完早餐就馬上走。」吳僅弦深深嘆了口氣，「你到底爲什麼一定要來這場音樂節？這個地方超級偏遠，我們轉了三次車才到！」

「抱歉讓你這麼累。」白言輕笑了一下，「不過，這是我爸交代的任務。」

「你爸？」吳僅弦眨眨眼，有些遲疑地開口：「你爸……不是已經不在了嗎？」

「對，但是他在過世前留了一封信給我。」白言搭著吳僅弦的肩膀，朝陽照亮了他的側臉，「我爸說，如果我有了值得託付的人，一定要帶他來一次音樂節，那會是一生都難以忘懷的回憶。」

吳僅弦看著碎在白言眼底的光芒，忍不住低頭吻住白言。

白言有些詫異地看著吳僅弦，腦子嗡嗡作響。他總感覺今天的吳僅弦有些不太一樣，好像少了一些平時的理性，特別莽撞。不過……他並不討厭。

一吻結束後，白言忍不住笑了。

「笑什麼？」吳僅弦困惑地皺眉。

「沒什麼。」白言牽住吳僅弦的手，溫柔地瞇起眼，「我只是在想，我爸說得沒錯，我絕對不會忘記今天的一切。」

吳僅弦和白言十指交扣，「你是不會忘記我差點和別人打起來的樣子吧？」

「我第一次見你那麼激動。」

「還不是因為你。」吳僅弦垂頭望向白言，「只要是你的事情，我總會特別上心。」

聞言，白言又笑了起來。

在朝陽灑落的馬路上，他們兩人並著肩，慢慢往回走。

不知是誰提到了婚禮的事情，於是他們開始討論婚禮的細節。

他們的婚禮將在明年的夏日舉行，那會是一場室外婚禮。兩人會穿上雪白的西裝，在飛舞的純白花瓣中許下承諾。

白言的眼神看上去閃閃發光，吳僅弦則是一直面帶寵溺地聽著對方的話。

恍惚之間，白言彷彿看見許久之前的容花和白華。也許他們當年也是如此——手牽著手，準備一起走向時間的盡頭。

番外
馬尾

陳晨今天突然把頭髮綁起來了，一頭紅色的長髮扎成馬尾。

葉宥心坐在租屋處的沙發上，看著陳晨晃動的紅色馬尾，忽然有種奇怪的衝動，伸手扯住了馬尾。

「你做什麼？」陳晨嚇了一跳，身子一震，險些摔了手機。

「沒事。」葉宥心看著手中的馬尾，有些茫然，「只是看到在晃動的東西，突然就想抓。」

「你是貓嗎？」陳晨無奈回應，然後舉起手機，「白言剛剛傳了一組他們拍的婚紗照過來，你要不要看？」

「好啊。」葉宥心自然地把腦袋靠上陳晨的肩膀，看著螢幕中笑得燦爛的白言和吳僅弦。

他們看起來好幸福，這讓葉宥心有些羨慕。

發現葉宥心在走神，陳晨伸手拍了拍對方的腦袋，溫聲問：「你有在看嗎？」

「有。」葉宥心蹭了蹭陳晨的衣領，把腦袋埋進對方胸口，「我只是在想，哪天我們是不是也能穿上婚紗。」

陳晨笑了下，把手機往旁邊一丟，抱著葉宥心的腦袋，「會不會你向我求了就有？」

葉宥心的臉頰一下子滾燙起來。陳晨似乎在暗示些什麼，但他並不想讓對方就這樣得逞，於是強硬地說：「怎麼是我求婚呢？也許是你先向我求婚啊。」

「不要。」陳晨笑了笑，少見的調皮，「除非你能逼我就範。」

陳晨身上乾淨的洗衣精氣味竄入鼻腔中，令葉宥心渾身發燙，那不是費洛蒙的味道，卻讓他心動無比。

於是，葉宥心一個用力，將陳晨推倒在沙發上，從上俯視著陳晨。

陳晨眨了眨眼，小聲問道：「你要做什麼？」

「明知故問。」葉宥心吐出這四個字後，就開始解開陳晨胸前的衣物鈕釦，「我要逼你乖乖就範。」

陳晨很敏感，每次的碰觸都換來他細微的顫動。

見狀，葉宥心再也忍耐不了，心急地褪去自己的褲子。

陳晨也拉下牛仔褲，而後緊緊擁住葉宥心，央求著，「快進來。」

他用大腿內側緊緊夾住葉宥心，胡亂磨蹭著。

受不了陳晨的哀求，葉宥心直接挺入陳晨體內。

隨著葉宥心一次又一次的抽插，陳晨的身子發出一陣陣的痙攣，同時口中發出細小呻吟。

明明沒有費洛蒙，葉宥心卻感覺自己的理智彷彿被燃燒殆盡。

「怎麼樣？」葉宥心摸著陳晨的嘴唇，「現在你願意就範了嗎？」

「我不要。」陳晨發出哀求。

「還嘴硬。」葉宥心抽出性器，突如其來地用力挺入，「看來我還不夠努力。」

猛烈襲來的快感，讓陳晨從鼻腔發出哼聲。隨著葉宥心一次次的撞擊，他的聲音也逐漸加速，最後被推向了高潮。

葉宥心吻著陳晨，最終在陳晨的體內釋放，這讓他有種標記了陳晨的錯覺。

隨後，葉宥心抱緊陳晨，在他的耳邊繼續逼問：「現在呢？你願意跟我求婚了嗎？」

陳晨笑了起來，高潮過後的聲音軟得可愛，「不要，我就要等你開口。」

「你啊……」葉宥心話說到一半，陳晨就主動地吻了上來。

葉宥心順勢摸上陳晨的後腦勺，替他解開馬尾。

「陳晨。」葉宥心壞笑了下，「我又硬了。」

陳晨瞪大了眼，「這麼快？」

「都是你的錯，誰叫你這麼可愛。」葉宥心把陳晨翻了個身，再度靠上去。

「是我的錯嗎？」陳晨掙扎著。

「當然了，而且你今天特別不乖，總是不願意就範。」葉宥心說得理所當然，順手又摸上陳晨的那處，「你需要懲罰。」

感受著葉宥心不安分的掌心，陳晨知道自己慘了……早知道就不要調皮了，現在他根本把自己害慘了！

陳晨還想跑，卻被葉宥心一把抓住。葉宥心還順勢咬上陳晨的後頸——那是Alpha標記Omega時會做出的動作。

陳晨知道這代表了什麼，誰先求婚根本無所謂，能不能標記也無所謂，他們早就已經屬於彼此了。

後記
相伴於每個夏天

大家好，這裡是依讀。

我好久沒寫後記了，現在非常慌張。責任編輯說要寫一千字左右，我會努力湊字數的。

《盛夏的香氣》已經是兩年前寫下的作品了，隔了一段時間再回頭看，意外地覺得非常有趣。

剛寫下故事時，我以為白言是個乖巧溫順的Omega，沒想到他滿會惹麻煩，還容易衝動行事。這種個性讓我一開始對白言產生不少怨言，覺得這孩子也太青澀了，希望他能更圓滑地處理事情，不要總讓人操心。

最後，白言長大了，獨自一人完成了許多事情，對世界有了不同的看法，這時我卻不禁感慨他長得太快了，好像一下就要離開了。

而身為Alpha的吳僅弦，個性冷靜很多，至少有個主角是穩重的，讓我安心了不少，謝謝吳僅弦的存在。

至於葉宥心，只能說他運氣不好，遇上白言這個大麻煩。好不容易有喜歡的Omega，對方居然討厭自己的費洛蒙，好慘的優性Alpha。

陳晨則是意外得到了編輯們的喜愛。我個人也頗偏愛陳晨，因為是感受不到費洛蒙的Beta，反而變成樂團當中特殊的存在，個性也非常可愛，是個很單純的孩子。請葉宥心好好珍惜他。

這是我第一次挑戰ABO題材，但這部作品的重心，沒有太放在ABO上面，更偏向青春成長。

中間有時間的切換，讓白言和吳僅弦一起面對人生不同階段的困難。幸運的是，他們一直都有彼此相伴，因此，《盛夏的香氣》對我而言，是個非常溫馨的故事。

因為我已經很多年沒有寫實體書了，每次參加POPO相關活動，都會被瘋狂追問，我也總是蒙混過關。

沒想到有朝一日真的出版了新書，連我自己都覺得意外。出書準備期間認識了不少新的創作者，也多了和編輯交流的機會，這些都是《盛夏的香氣》帶給我的禮物。

《盛夏的香氣》前前後後陪伴了我將近兩年左右，收到出版通知的時候有點感慨，開心的同時也有些不捨。

相信在故事結束後，他們依然會繼續努力生活，打打鬧鬧，互相扶持。白言會繼續寫下許多動人的歌曲，會和吳僅弦過著幸福的生活。

最後是慣例的感謝。

謝謝POPO原創，讓《盛夏的香氣》得以實體出版。

謝謝責任編輯辰柔，陪我仔細分析劇情，也給了很多人物的建議，還負責了校稿和整本小說的排程，讓故事順利誕生。

謝謝封面繪師烯，繪製了精美的封面。

謝謝鼓勵我的朋友們，帶給我許多寫作的啓發。

謝謝書中的角色，給故事增添了不同的色彩。

最後，謝謝每個讀者，你們的閱讀都是我的動力，因爲你們的存在，《盛夏的香氣》才會完整。

《盛夏的香氣》是個從夏天開始書寫的故事，最後順利在夏天出版，也算是有始有終。

希望《盛夏的香氣》讓大家感受到青春，感受到成長，也感受到愛。

到這邊差不多寫了一千字，我的後記終於寫完了。

我們有緣下個故事再見面。

依讀

國家圖書館出版品預行編目資料

盛夏的香氣／依讀著. -- 初版. -- 臺北市：POPO原創出版，城邦原創股份有限公司出版：英屬蓋曼群島商家庭傳媒股份有限公司城邦分公司發行, 2025.07
面；　公分. --
ISBN 978-626-7710-44-9（平裝）
863.57　　114007988

盛夏的香氣

作　　者／依讀
責任編輯／林辰柔　行銷業務／林政杰　版　　權／李婷雯
內容運營組長／李曉芳
副總經理／陳靜芬
總 經 理／黃淑貞
發 行 人／何飛鵬
法律顧問／元禾法律事務所　王子文律師
出　　版／POPO原創出版
城邦原創股份有限公司
台北市南港區昆陽街 16 號 4 樓
電話：(02) 2509-5506　傳眞：(02) 2500-1933
email：service@popo.tw
發　　行／英屬蓋曼群島商家庭傳媒股份有限公司城邦分公司
聯絡地址：台北市南港區昆陽街 16 號 8 樓
書虫客服服務專線：(02) 25007718・(02) 25007719
24小時傳眞服務：(02) 25001990・(02) 25001991
服務時間：週一至週五09:30-12:00・13:30-17:00
郵撥帳號：19863813　戶名：書虫股份有限公司
讀者服務信箱 email：service@readingclub.com.tw
城邦讀書花園網址：www.cite.com.tw
香港發行所／城邦（香港）出版集團有限公司
地址：香港九龍土瓜灣土瓜灣道86號順聯工業大廈6樓A室
email：hkcite@biznetvigator.com
電話：(852) 25086231　傳眞：(852) 25789337
馬新發行所／城邦（馬新）出版集團 Cité(M)Sdn. Bhd.
41, Jalan Radin Anum, Bandar Baru Sri Petaling,
57000 Kuala Lumpur, Malaysia.
電話：(603) 90563833　傳眞：(603) 90576622
email：services@cite.my

封面插畫／烯
封面設計／也津
電腦排版／游淑萍
印　　刷／漾格科技股份有限公司
經 銷 商／聯合發行股份有限公司
電話：(02)2917-8022　傳眞：(02)2911-0053

■ 2025 年7月初版
Printed in Taiwan

定價／360元

ISBN　978-626-7710-44-9
本書如有缺頁、倒裝，請來信至service@popo.tw，會有專人協助換書事宜，謝謝！